ふらっと銀次事件帳 一

天ぷら長屋の快男児

JN287281

牧 秀彦

角川文庫
18413

目次

第一章　女房子供を大事にしろ

一

江戸は春を迎えていた。
つい先頃まで凍《い》て付く寒さだった北風も、今は頬に心地いい。
（よーし、やるぞ）
大きな風呂敷《ふろしき》包みを担いで歩く、達吉《たつきち》の足の運びは軽い。
油の商いで日本橋でも一、二を争う美濃《みの》屋に奉公して、早くも八年。
手代となって二年目を迎え、朋輩《ほうばい》たちの中でも頭角を現しつつある。
そんな達吉に思わぬ役目を命じたのは、店を継いだばかりの若旦那《だんな》の清三《せいぞう》。
たたずまいこそ柔和であるが、商いは大したやり手。

隠居した先代のあるじである義助《ぎすけ》の上を行っていると専らの評判で、いつか自分の店が持ちたい達吉にとっては、憧《あこが》れて止まない存在だった。

その若旦那から、直々にこう言われたのだ。

「達や、いつもよく働いておくれだね」

「ありがとうございます」

「その勤勉なところを見込んで、お前さんに頼みがあるんだが」

「はいっ、何でもいたします」

「そう言ってくれると思ったよ。ありがとう、ありがとう」

手を取らんばかりに喜ぶと、清三は意外な話を持ち出した。

「お前さん、私に姉が居《い》るのは知ってたかい」

「いいえ、初耳でございます」

「実はそうなんだよ。瓜二《うりふた》つのきょうだいでね」

驚く達吉に清三はにっこり笑って見せた。細面で品が良いので一挙一動がいちいち絵になるし、何を言われても耳触りが心地いい。若旦那の姉というのも、そんな人当たりのいい女人なのだろう。

「独り身で手広く商いをやっているんだが、そろそろ歳も歳なんでね。算盤《そろばん》勘定のできる、若いのをひとり寄越《よこ》してくれないかって言ってきたんだよ」

「では、私に帳場をお任せくださるのですか」

「まぁ、細かいことは姉から直《じか》に話してもらうといいよ。いずれにしても番頭格っていうことで、ひとつ引き受けておくれでないか」

「よ、喜んで」

いつも慎重な達吉が、四の五の言わず飛びついたのも無理はなかった。

奉公人が出世するには時がかかる。丁稚から手代と来て番頭になり、暖簾《のれん》分けまで許されるのはひとにぎり。ほとんどの者は途中で辞めてしまう。

大店からはずれるとはいえ番頭役を全うすれば、暖簾分けを許される日も近い。

この機を逃さず力を発揮し、若旦那に認めてもらうのだ。

商いの種類など何でも構わなかった。嫌味な番頭や先輩の手代にこき使われるより、たとえ小さい店でも思う存分に采配《さいはい》を振るわせてもらえるほうが、ずっといい。

かくして達吉は荷物をまとめ、勇んで美濃屋を後にした。

前掛けを外し、お仕着せを脱いで外出するのは久しぶりのことだった。

気持ちが前向きだと、足の運びも軽くなる。

齢《よわい》を重ねても変わらぬ美貌《びぼう》の持ち主であるという、若旦那の姉上が店を構えているのは浜町《はまちょう》。大川に面して大名や旗本の屋敷が建ち並ぶ一帯と隣合せの町人地で、縦横に運河が巡っていて、舟が使えるため利便性の高い一画。歩いても日本橋の美濃屋から四半刻《とき》とはかからない。

行く手に浜町川が見えてきた。

大川とつながる細長い運河の岸辺には、ずらりと食べ物屋が並んでいる。地所を借り、店を構えているわけではない。後の世のものと違って車輪こそ付いていないが、いつでも畳んで荷車に積み、移動ができる屋台店だ。

商う品はさまざまである。

そばにすし、いか焼きにだんごに汁粉。

夏場には冷たい麦湯や甘い白玉入りの砂糖水、まくわうりにすいかといった水菓子を売る店も多い。

そんな浜町河岸の屋台店でも、とりわけ人気があるのは天ぷら屋だ。

大ぶりの鉄鍋《てつなべ》にたっぷり張られ、七輪で熱されているのはごま油。辺りに漂う香ばしい匂いに、道行く人々は足を止めずにいられなかった。

揚げる音がまた、たまらない。

しゃー、じゅわじゅわじゅわ……。

「へい、お待ちぃ」

「おう、ありがとよ」

熱々で出てくるのに、客は笑顔でかぶりつく。

屋台売りの天ぷらは串揚《くしあ》げで、ネタはすべて海の幸。江戸湾で豊富に採れる季節の魚介を水で溶いた小麦粉にまぶし、ごま油でからりと揚げる。

下味が付いているのでツユはいらない。小鉢に盛って供される、しょうがと大根のすりおろしにまぶして口に運べば極楽気分。何本でも食べられる。

浜町河岸の天ぷら屋は、ずんぐりむっくりの三十男。だらしなさそうに見えながら意外と働き者で、何より手際が良くて揚げ物が美味《うま》い。その甲斐《かい》あって屋台はいつも満員だった。

ここは一本、齧《かじ》っていきたいところであろう。

しかし、達吉は素知らぬ顔で先を行く。

天ぷら屋が呼びかけた。

「おーい兄ちゃん兄ちゃん、ちょいとつまんでいかねぇか」

「……」

「うちの天ぷらは最高だぜ。春は甲いか小柱はまぐり。夏にはしろぎす、あわびにめごちにぎんぽ、車えび。秋にゃ素人でも山ほど釣れる、はぜの大盤振る舞いと相場が決まっちゃいるが、品川のしゃこも忘れちゃなるめぇ。冬はあなごに芝えび、江戸前のかきをしっかり揚げたのも乙ってもんだ。さぁさぁさぁ、寄ってけ寄ってけ」

面こそまずいが、声はいい。

語りながらも手を休めることなく、衣を着けたネタをどんどん揚げていく。

品揃えの豊富さも、この屋台店の売りだった。

ふつうの天ぷら屋で出てくるのはあなごに芝えび、こはだ、貝柱にするめといったところが関の山。まして江戸前がきの天ぷらなど、まずお目にかかれない。多少値段が高くても、頼みたくなろうというものだ。

「美味《うめ》ぇ、美味ぇ」

「おやじぃ、いかをもう一串揚げてくんな」

「こっちにゃはまぐりだ。急《せ》き前で頼むぜぇ」

「へい、喜んで」

そんなやり取りも、耳に心地いい。

それでも達吉はそそられなかった。

風呂敷包みを担ぎ直し、ずんずんずんと進み行く。

（ふん、邪魔くさいな）

達吉は屋台が嫌いであった。

商家に住み込みで働く奉公人は、買い食いをこよなく好む。

年端がいかない丁稚《でっち》連中も、値が手頃な稲荷寿司《いなりずし》や焼き芋を買い求めては、布団の中でこっそり味わうのが常だった。

とはいえ集団で店から抜け出せば、あるじや番頭に見咎《みとが》められる。

こっそり買い出しをする役目は、順番にやらねばならない。

たとえ自分は欲しくなくても、先輩に命じられれば断れはしなかった。

幼い頃から貯《たくわ》えに励み、一文の無駄もせずにいる達吉に言わせれば、買い食いなどは下種《げす》の極み。買い出しも楽しみどころか、苦行でしかなかったものだ。

そんな面倒臭さから解放されて、達吉の気分は上々。

まさか嫌いな屋台を束ねる手伝いをさせられるとは、考えてもいなかった。

二

浜町に来て早々、達吉は窮地に立たされた。

店の看板を見上げて呆気《あっけ》に取られ、溜《た》め息を吐いただけで、不満があるのをおかみに目敏《めざと》く見抜かれてしまったのだ。

「気に入らなかったらいいんだよ。荷物をまとめて、とっとと帰りな」

「そんなおかみさん、私は何も」

「だったらどうして、うちの看板が気に入らないんだい」

「滅相もありません。ちょっと驚いただけのことで」

「屋台店の商いを馬鹿にしてんだろ。そんなら手伝わなくっていいよ」

「そ、そんなことはございませんっ」

達吉は懸命に食い下がった。

しかし、帳場に座ったおかみは取り付く島もない。

「お前さん、達吉という名前だそうだね」

「は、はい」

「おあいにくだったねぇ。吉に達するどころか、大凶を引いた気分じゃないのかい」

達吉は沈黙を余儀なくされる。

おかみはキツい女人であった。

細面で整った目鼻立ちこそ弟の清三と瓜二《うりふた》つだが、物言いはまるで違う。

なまじ美人であるだけに、厳しいことを言われるといちいち萎《な》える。強気一辺倒なおかみの名はおかん。当年取って四十と八歳。五十路《いそじ》に近くなっても持ち前の美貌《びぼう》は衰え知らず。出戻りながら、若い頃はお大名の屋敷に奉公していたこともあるという。

商いを始めたのは、お屋敷勤めを辞めた後。

それから二十年余り、女手ひとつで続けてきた。

古くなった屋台をまとめて買い付け、修繕して再び利用するための元手を父親から廻《まわ》してもらったとはいえ、容易に為し得ることとは違う。商いで成功したければ大いに敬い、見習うべきだろう。

おかんはたしかにやり手だった。

九尺《くしやく》二間《けん》と店の構えこそ小さいが、

揚げもの処　天ぷら銀

と大書された看板は立派で、よく目立つ。

調理そのものは店では行わず、いわば事務所にしているのみ。

江戸では火事を防ぐため、屋内で油を使って調理をすることが禁じられていた。

当然ながら天ぷらも御法度だったが屋外ならば何も問題はなく、むしろ揚げる音と香りをふんだんにまき散らし、客を引き寄せる役に立つので好都合。数多《あまた》の屋台店の中で最も儲《もう》かると判じ、投資に踏み切ったのは英断と言えよう。

羽振りのいいおかんは裏通りの長屋を丸ごと借り上げ、屋台をやらせている男衆を全員まとめて住まわせていた。

江戸で屋台の商いに従事するのは、出稼ぎの者が多い。おかんが雇った連中も例外ではなく、お膝元《ひざもと》の浜町河岸を任された治作《じさく》もその一人だった。

「あの天ぷら屋、おかみさんのお抱えだったんですか」

「そうだよ。お前さん、前を通ったそうだが全然そそられなかったのかい？」

「は、はい」

「ったく可愛げのない子だねぇ。唇をてかてかさせて来るようなら、見どころもあると思ったのに」

「そんな、買い食いなんぞを勧めてよろしいので」

「馬鹿をお言いでないよ。それがうちの商いなんだから、当たり前だろ」

「す、すみません」

「もしかして、あたしが道楽で女だてらに屋台の束ねをしてるとでも思ったのかい」

「め、滅相もありません」

「お前さんは嫌いかもしれないが、みんな天ぷらにゃ目が無いもんさ。河岸通りの店だって大入りだったろ」

「はい……」

「儲かる商売でなかったら、あたしだって手を出しゃしないよ」

「仰せの通りでございます、おかみさん」

達吉の態度は殊勝そのもの。

行く当てがない以上、文句があっても言い返してはなるまい。

困ったところに来てしまったものである。

あらかじめ詳しく聞いていれば、美濃屋を出たりはしなかった。

後悔先に立たず、である。

おかんが達吉を引き抜きしたのは、いわば社宅となっている裏店《うらだな》――通称『天ぷら長屋』の差配をさせるため。

算盤《そろばん》が達者な者を、と条件を付けた理由も、分かってみれば何のことはない。

店賃をひと月ごとではなく日払いと定め、屋台の稼ぎから毎日差し引くようにしていれば、手間がかかるのも当たり前だ。

どうせならば、店の勘定を任せてもらいたかった。

買い食いが嫌いな達吉だが、実入りのいい商売となれば話は別だ。

収支を計算する役目を任されたのなら張り合いもあるが、店の商いに関する勘定はおかんが一手に握っているという。

店賃をちまちま回収するなど真っ平御免。

そんなつまらぬ仕事がしたくて、算盤の腕に磨きをかけたわけではなかった。

しかし、背に腹は替えられない。

達吉は武州《ぶしゅう》の生まれ。

甲州《こうしゅう》街道を半日歩けば実家だが、田畑を耕すのを拒み、つてを頼って江戸に奉公に出てきた身では、戻って親兄弟に合わせる顔が無い。

「あのー、よろしいですかおかみさん」

達吉はおずおずと呼びかけた。

「何だい、足代だったらやらないよ」

「ご勘弁くださいまし。こちらのお仕事、精一杯務めさせていただきますので……」

「おやおや、どういう風の吹き回しだい。屋台の商売なんか嫌いなんだろう」

「商いに貴賤《きせん》などございません。私が間違っておりました」

「お前さん、ほんとうにやる気になったのかい」

「もちろんです。どうか信じてやってくださいましっ」

達吉は負けじと食い下がった。

「そうかい、そうかい」

真剣な顔を前にして、ふっとおかんが笑った。

視線を巡らせ、背後を見やる。

帳場の奥は板戸で仕切られ、彼女の住まいになっている。

女ひとりの所帯と思いきや、意外な同居人がそこに居た。

「銀や、今の口上を聞いたかい」

「ああ」

のんびりした声と共に、板戸が開く。

立っていたのは若い男だった。

身の丈は、並よりやや大きい程度。

一応は髷《まげ》を結っているが月代《さかやき》を剃《そ》らず、伸ばした髪は鬢《びん》付け油で整えてある。

木綿の着物と軽衫《かるさん》を、無造作にまとっていた。

軽衫は茶道の宗匠などが穿《は》く、細身の袴《はかま》。幅の広い一般の袴は武士以外、ふだん着にすることを禁じられているが、これならば問題ない。

着物は白地で軽衫は墨染め。

羽織の代わりに、これまた黒地の半纏《はんてん》を肩に引っかけていた。

「こいつがゆうべ言ってた若いのかい、おっかさん」

「そうなんだよ。だいぶ堅物みたいでね」

「そんなのは一目見りゃ分かるこったぜ。へっ、俺と違って賢そうな面ぁしてるじゃないか。役に立つんじゃねぇのかい」

にやつく男はまだ若い。

達吉よりは年嵩《としかさ》ながら、せいぜい二十四、五といったところ。

男は特徴のある顔付きをしていた。

取り立てて不細工というわけではなく、目鼻立ちはそこそこ整っているが、鼻の下が人より長い。笑うと弾みでびろ〜んと伸びる、一見、助平顔だ。

(誰だこいつ、おかみさんの子か)

達吉は疑いを抱かずにいられなかった。

歳の差は母子であっても違和感が無いものの、顔がまったく似ていない。

もしや、血のつながらない間柄なのか。

それにしては、ずいぶん打ち解けている様子である。

「銀、この子はお前さんに預けるよ」

「いいのかい、おっかさん。俺の手下《てか》にしちまうぜ」

「長屋の差配さえ邪魔をしなけりゃ、別に構わないよ」

「店賃の取り立てをさせようってのかい？　そいつぁ俺の役目のはずだが」

「いい加減におし。それじゃ困るから清三に頼んで、美濃屋の手代で一番の堅物をわざわざ選んでもらったんだよ。この子だったらお前さんと違って、せっかく集めたおあしを残らず飲んじまったりしないだろうからさ」

「嫌だなぁ。もうちっと息子を信用してくんな、おっかさん」

「だったら治作の店賃を何とかしとくれ。もう三日も溜《た》めてるんだ」

「月末《つきずえ》まで待ってやりゃいいじゃねぇか。よく稼いでくれるんだし」

「その稼ぎがあるのが怖いんだよ。今度売り上げを博奕《ばくち》に突っ込んだら、残念だけどお払い箱にしなくちゃ示しが付かないだろ」

「分かった分かった、作さんとこから先に廻《まわ》ってくるよ」

苦笑しながらおかんに告げると、男は達吉に視線を戻した。

「俺ぁ銀次《ぎんじ》だ。よろしくな」

「た、達吉でございます」

「いい名前だなぁ。たっちゃんって呼んでもいいかい」

「はぁ」

いきなり、馴《な》れ馴れしい。

そのおかんとは違った意味で、扱いにくそうだ。

おかんは帳場に座り、素知らぬ顔で算盤を弾《はじ》いている。

ぱちぱちぱち。

ぱちぱちぱち。

達吉も及ばぬ、迅速にして正確な指さばき。

先程から奉公人が一人も姿を見せない理由が、やっと分かった。

整頓《せいとん》の行き届いた帳場を見ても、自《おの》ずと察しが付く。

おかんは基本、何でも一人でこなせている。

にも拘《かか》わらず達吉を呼んだのは、冗談ではなく本当に、日払いの店賃《たなちん》の回収だけのためらしい。

情けないことだった。

腹立たしいことであった。

しかし実家に戻されたくなければ、奉公を続けるしかあるまい。覚悟はできたが、不安は残る。

(やっていけるのだろうか)

達吉の不安をよそに、銀次が言った。

「それじゃたっちゃん、出かけようか」

「ど、どちらへ?」

「決まってんだろ。日のあるうちに、天ぷら長屋の連中から店賃を集めるのさ」

妙なことを言い出すものである。

「そんな、何もわざわざ出向かずとも」

達吉は不思議そうに問いかけた。

「皆、日が暮れたら店じまいして戻ってくるのでありましょう。長屋の端から集金して廻るか、木戸の前にて徴収なさればよろしいではありませぬか」

もっともな意見だったが、銀次は一笑に付しただけだった。

「へん、いかにも堅物らしい言いぐさだな」

「は?」

「お前さんの言う通りにしてたんじゃ、とても間に合わねぇんだよ」

「どういうことですか」

「うちの連中は曲者《くせもの》揃いでな。油断も隙もねぇってことさね」

達吉、訳が分からない。

「ま、ちょいと待ってな」

銀次はひとまず奥に引っ込む。

戻ったときには、重そうな脇差を提げていた。

黒塗りの鞘《さや》には鉄の輪が幾つも嵌《は》めてあり、鐺《こじり》も黒光りのする鉄製だった。

商人の倅《せがれ》が持つには物々しすぎる一振りだが、御法に触れるものではない。

大小の刀を帯びるのは、武士だけに許された特権。

しかし一振りのみ、それも刃の長さが二尺（約六〇センチメートル）どまりの脇差であれば、町中で腰にしていても役人から咎《とが》められることはなかった。

鞘の長さから察するに、銀次が提げ持つ脇差は二尺ぎりぎり。旅先での用心に携帯する道中差よりも更に長い、堂々たる大《おお》脇差だ。

「行くぜぇ、たっちゃん」

銀次は素足に雪駄《せった》を突っかけ、土間に降り立つ。

「お、お待ちくださいっ」

暖簾《のれん》を潜って出て行く背中を、達吉は慌てて追う。

表はまだ明るかった。

日が暮れるまでには、優に一刻《とき》はあるだろう。

屋台店の商売は、まだまだ稼げる頃合いだ。

溜まった店賃の取り立てとはいえ、商いを邪魔してもいいものか――。

迷う達吉の先に立ち、銀次は大股《また》歩きで先を行く。

小柄で足も短い達吉は、付いて行くだけで精一杯。

程なく二人は浜町河岸に出た。

治作が預かる天ぷら屋は、相も変わらず大入り満員。

客が多すぎてはみ出したのか、よしずが張られた屋台の裏に男が三人、輪になってしゃがみ込んでいた。

天ぷらを揚げている治作との間合いは近い。声も十分届く距離だ。

「銀次さん、一体何を」

「何も手荒な真似はしねぇよ。すまねぇが、持っててくんな」

戸惑う達吉に大脇差を押し付け、銀次は無言で屋台に歩み寄った。

治作の足元にしゃがんだ男たちの間には、盆ござ代わりの畳んだ蓆《むしろ》。骰子《さいころ》を入れる壺《つぼ》だけは本物を使い、昼日中から丁半博奕《ばくち》に熱中していた。

「さぁ、張った張った！」

骰子の目を当てるのに熱中していれば、すぐ後ろの浜町川を渡って吹き寄せる風の冷たさなど気にならない。

「丁！」

「丁！」

威勢のいい声と共に、ひとつかみの銭が蓆の上に次々と置かれる。

「半……」

天ぷらを揚げながら、治作もさりげなく一丁嚙《か》んだ。

まとめて後ろ手に放った銭は、今日の朝からの稼ぎの一部。

この治作、天ぷらを揚げる腕こそ折紙付きだが、博奕好きなのが玉に瑕《きず》。かつては一流の料理屋で腕を振るう板前だったのが賭場《とば》通いにはまって身を持ち崩し、多額の借金を抱えて家族は離散。料理屋を放り出された治作は、いつも借金取りに追われて逃げ回っていたものである。

おかんはその借金を肩代わりした上で身柄を抱え、屋台をやらせているのだ。

もとより腕は折紙付きだけに、何を作らせても味は抜群。おかんが抱える十人余りの天ぷら屋の中でも、売り上げは抜きん出ていた。

しかし、悪い癖とはなかなか直らぬもの。

おかんの許《もと》で働く面々で博奕好きを知らぬ者はなく、こっそり出かけようとしても止められてしまうため、この頃は博奕仲間に屋台まで足を運んでもらう。

治作を悪い道に引き戻したい連中にとっても、都合のいいことだった。

賭《か》け事を厳しく取り締まっている町方役人や岡っ引きも、まさか屋台の裏で昼日中から博奕をやっているとは思わない。しかも天ぷらを揚げる音とごま油のいい香りが絶えぬとあっては、気が付かずに通り過ぎてしまうのも無理はなかった。

それをいいことに治作は売り上げを賭けに突っ込み、勝ったり負けたりを懲りずに繰り返していた。

雇う側の立場としては、いつまでも見て見ぬ振りはできない。

おかんにお払い箱にされてしまえば、治作ばかりか別れて暮らす家族まで再び路頭に迷ってしまう。

銀次は気配を殺し、すーっと忍び寄った。

「遅れてすまねぇな。俺も半で頼むぜ」

「ぎ、銀の字っ」

銀次の思わぬ登場に、治作だけでなく他の三人も揃って仰天。

気づかぬうちに間合いを詰められ、慌てふためくばかりだった。

「どうしたどうした、駒が揃ったんなら、ちゃっちゃとしなよ」

とぼけた口調で告げつつ、銀次は壺へと手を伸ばす。

ひっくり返して勝負をご破算にするのかと思いきや、開ける手付きは慎重だった。

「四一《しっぴん》の半。へっへっへっ、俺らの勝ちだな」

うそぶきながら、銀次は莚の銭をかっさらう。笑っていても目つきは鋭い。

「今日はこれでお開きだ、構わねぇよな」

負けた三人を見返す瞳《ひとみ》は迫力十分。文句を付ける隙は無かった。

「あ、ああ」

「す、すまねぇ」

堪《たま》らず退散するのを尻目《しりめ》に、銀次は治作に向き直る。

「店賃《たなちん》に貰《もら》っとくぜ。それでいいよな、作さん」

「面目ねぇ。なぁ銀の字、おかみさんには黙っててくれるかい」

「手慰みもほどほどにしてくんな。お前さんはうちの大事な稼ぎ頭なんだから」

「かっちけねぇ。恩に着るぜ」

「それじゃな。また飲みに行こうぜ」

笑顔で告げて、ぽんと治作の肩を叩《たた》く。

一方の達吉は、今にも倒れ込みそうになっていた。

大脇差を抱えた両手が震えている。それほどまでに重いのだ。

「待たせたな、たっちゃん」

駆け寄った銀次は軽く詫《わ》びつつ、大脇差を取る。

「はぁ、はぁ。何なんですか、この脇差は」

「おやおや、そんなに重かったのかい」

「重いなんてもんじゃありませんよ。まるで鉄の棒じゃないですか」

「そんなこたぁないだろうぜ。ほら」

涼しい顔で受け流し、ひょいと肩に載っけて見せる。

代わりに寄越《よこ》したのは、治作から取り上げた銭。

「たっちゃん、店賃の帳面は持ってきたかい」

「はい。おかみさんからお預かりしております」

「これで治作のぶんは帳消しだ。今すぐ印を付けてやってくんな」

「し、承知しました」

震える手で、達吉は矢立を取り出す。銀次から受け取った銭は、これもおかんから渡された巾着《きんちゃく》にきちんと収めた。

「次行くぜ、次」

達吉が帳面を閉じるのを見届けて、銀次は歩き出す。

ずっしり重たい大脇差を、ものともしない。

両手でも耐えがたいのを軽々と、まるで木刀のように扱っていた。

三

この日以来、達吉は銀次と寝起きを共にするようになった。

店賃の回収を手伝ってもらう代わりに、身の回りの世話を任されたのだ。

おかんから押し付けられたのではなく、銀次に気に入られてのことだった。布団の上げ下ろしから汚れ物の洗濯まで、丁稚《でっち》の頃に戻ったかのように目まぐるしい。

番頭になる夢はますます遠のいてしまったが、毎日の暮らしは不快ではない。

我がまま勝手なドラ息子と思いきや、意外にも銀次は面倒見が良かった。

縁談には事欠かぬ年頃になったというのに銀次ばかり追いかけ回し、ついには両親まで説き伏せて、ぜひ婿に来てほしいとおかんに懇願しているという。当人にその気がなければ話にならないと、おかんもやんわり断ってはいるらしいが、諦《あきら》めてくれる気配は皆無であった。

となれば、押しかけて来られるたびにかわし続けるより他にない。

「たっちゃん、すまねぇが今日の取り立ては一人で行ってくんねぇか」

「えっ」

「俺《おら》ぁ熱が出ちまった。ちょいと八丁堀まで藪庵《やぶあん》先生に診てもらってくるよ」

「そんな、私一人じゃ……」

「お美弥の相手も任せたぜ。それじゃなっ」

それだけ告げ置き、銀次は廊下に逃れた。

「あーん、銀さま待ってぇ」

すかさず美弥も後を追う。

こうなれば、達吉だけ我関せずを決め込むわけにもいかない。

「俺は病人だぞ。く、来るんじゃねぇっ」

「銀さまのご病気なら、あたしもかかりたいわぁ。どうぞうつしてくださいな」

「ちょっとちょっと、銀次さんもお美弥さまも、落ち着いてくださいましっ」

三人は入り乱れて廊下を駆ける。

「静かにおしっ、お客さんに聞こえるだろ」

足を止めたのは、おかんの一喝だった。

「早く来な、銀。急《せ》き前の話だよ」

「何事だい、おっかさん」

「別れた亭主に子供を取られちまった、母親の頼みだよ」

「子供を？」

「まだ小さい女の子だよ。のんだくれの宿六《やどろく》が無理無体に引き離し、行方を晦《くら》ませちまったそうだ」

「またどうして、そんなくず野郎が」

「まともに育てる気なんか、最初《はな》っからありゃしないさ。てめぇを捨てた女房への嫌がらせか、そうでなけりゃ奉公にでも出して金にする魂胆だろうよ」

「そんなところか。うん、こいつぁ何とかしてやらなくっちゃなるめぇな」

銀次の表情が引き締まった。

おかんに続き、玄関脇の客間に向かう。

さすがに美弥も邪魔をせず、黙って後を見送った。

「今日のところはお帰りなされませ、お美弥さま」

「うん」

達吉の勧めに従い、去りゆく態度は殊勝そのもの。

おかんの許《もと》には時折、厄介事を抱えた人々からの訴えが持ち込まれる。

そして銀次は頼みを受け、解決するために腕を振るっていた。

界隈を仕切る岡っ引きばかりか町奉行所まで黙認し、万事勝手にやらせているのは他ならぬおかんの実家が、日本橋でも指折りの大店《おおだな》なればこそ。

役人としては、町人同士の揉《も》め事に好んで介入したくはない。

話し合いで穏便に済ませるのであれ、少々荒っぽく決着をつけるのであれ、第三者に代わりに始末を付けてもらえれば有難い。事態を収拾してくれるのが名のある大店の縁者ならば、尚《なお》のこと安心できるというものだった。

その日、おかんを頼って来たのは、おたけという廻《まわ》り髪結い。

丁寧で手も速いため得意先が多く、かなり稼ぎはいいらしい。

おかんの実家の美濃屋でも年老いた両親が世話になっており、行き届いた仕事ぶりにいつも感心していた。

だが、稼ぎのいい女人ほど過ちを犯しがちなものである。

おたけの場合、選んだ亭主が最悪だった。

子供を連れ去った徳松《とくまつ》は髪結いの亭主の例に漏れず暇を持て余し、飲む打つ買うの三道楽に散財する、掛け値なしのろくでなしだったのだ。

「お願いしますっ、おうめを連れ戻してやってくださいまし」

「落ち着きなさいよ、おたけさん」

取り乱すのを、おかんはやんわり宥《なだ》める。

「子供はお前さんが育てたほうが絶対いい。仲人《なこうど》さんも、そう太鼓判を捺《お》してくだすったんだろ」

「はい……」

「それで亭主も承知して、お前さんに三くだり半を寄越《よこ》したわけだ。なのにいきなり乗り込んできて、無理やり子供を連れて行っちまったと……」

淡々とつぶやくおかんに、おたけは黙ってうなずき返す。

その折に殴り付けられたと思《おぼ》しき、顔のあざが痛々しい。

「勝手にも程があるってもんだよ。ったく、ひどい男がいたもんだねぇ……」

溜《た》め息をひとつ吐き、おかんは銀次に向き直った。

「聞いての通りだ、銀。やってくれるかい」

「もとより承知の上さね、おっかさんっ」

珍しく、銀次はやる気十分だった。

どんな話を持ち込まれても、すんなり引き受けるわけではない。基本はものぐさで何もせずに、ごろごろして過ごすのが好きだからだ。

そんな甘えが大きくなっても続くのは、母一人子一人で大事に育ててくれたおかんに心から信頼を寄せていればこそ。

親のことを嫌っていれば早々に自立し、家からも出てしまって、二度と寄り付きはしないだろう。

だが、世の中には料簡《りょうけん》の良くない者も多い。

嫌いなればこそ逆に甘え、拒絶されれば逆上する、困った輩も数多い。

そんな揉め事に巻き込まれる、子供こそ哀れなものだ。

脇へ退いたおかんに代わり、銀次はおたけと向き合って座る。

「おたけさん、亭主のことを包み隠さず教えてもらおうか……」

確実に助けたいと思えばこそ、問いかける口調は厳しい。

誰からの頼みに対しても、等しく熱が入るわけではなかった。

大人には、自業自得という場合もある。

望んで悪い道に踏み込んだのを、強いて引きずり戻すこともあるまい。

しかし、幼い者は大人に頼って生きるしかない。

親を含めた周囲の大人に分別がなければ、しわ寄せは子供に行きがちなもの。

血を分けた実の親子だからといって、安心はできかねる。

自分の子供なのだから、どのようにしてやっても構うまい——。

世間には、そんな料簡を抱く輩《やから》も多い。

何かあってからでは遅いのだ。

大人の醜い争いに巻き込まれ、身勝手な父親に連れ去られたおうめのために、為《な》し得る限りのことをしてやりたい。

自分が母親から惜しみなく愛情を注がれ、厳しくも暖かく見守られて大きくなった身なればこそ、銀次はそう願わずにいられなかった。

ともあれ、探し出すのが先である。

銀次はおたけを促し、話を続けて聞かせてもらう。

「成る程、両国広小路《りょうごくひろこうじ》の女芸人かい」

「はい。どこの一座なのかは分かりませんが、気に入られて情夫《まぶ》になったと」

「徳松はお前さんを足蹴《あしげ》にして、そんなことを得意げに言ったんだな」

「はい」

「ふざけた野郎だ。どっちみち、その料簡じゃ長続きはしないだろう」

「だったら女が飽きる前に、ねぐらを突き止めなくっちゃならないよ」

おかんが口を挟んできた。

すかさず銀次は頼み込む。

「作さんたちを使っても構わないかい、おっかさん」

「いいともさ。香具師《やし》の親分には、あたしから話を通しておくよ。たとえ一時《いっとき》のことでも、勝手に店を出すってわけにはいかないからね」

「よろしく頼むぜ」

揉め事の始末に天ぷら屋の面々を協力させるのは、今に始まったことではない。

治作を初めとする連中が心強いのは、どこにでも店を出し、周囲から怪しまれずに見張りや聞き込みができる点。

こたびもまた、大いに役に立ってもらうつもりの銀次であった。

四

翌日から、達吉の周囲は静かになった。

銀次が留守をしていれば、美弥も『天ぷら銀』には寄り付かない。

ホッとした反面、なぜか寂しい。

慣れとは恐ろしいものである。あんなに鬱陶《うっとう》しかったはずなのに、静かなだけでは物足りない。

「銀次さん、どうしているのかな」

天ぷら長屋の屋根に上り、雨漏りを直しながら達吉は一人つぶやく。

以前はやりたくもなかったことも、今となっては慣れたもの。すべては銀次に付き合わされたおかげであった。

両国の広小路は江戸でも一、二を争う盛り場だ。

両国橋の西詰めは火事が起きたときの避難に備え、道幅が広く作られている。

平時には仮設の店舗であれば商いをすることが認められており、芝居小屋に見世物小屋、寄席などがひしめき合う一方で、飲み食いのできる店がずらりと並び、大勢の客で終日賑《にぎ》わう。

この人出では、何のあてもなく調べ歩いたところで埒《らち》は明くまい。

そこで銀次は治作ら抱えの男衆に相談し、おかんが土地の親分から許可を得るのを待って、天ぷらの屋台を広小路に幾つも出させた。

いずれも場所を芝居小屋の前にさせてもらったのは、徳松の遊び相手になっているという矢場女を捜し出すため。美人と評判で浮世絵に描かれたこともある。その絵は取り急ぎ買い集め、男衆に配ってある。

早々に見つかると思いきや、事は簡単には運ばなかった。

「どうだい作さん」

「売り上げは申し分ねぇんだが、それらしい女は見当たらないよ。もしかしたら鞍替《くらが》えして、よそに行っちまったんじゃねぇのかい」

顔を出した銀次に答える、治作の表情は渋い。

「ところで銀の字、浜町河岸のほうはどうなってる」

「心配ないよ。お前さんの代わりに松吉《まつき》っつあんが店を出してる」

「新入りで大丈夫なのかい。何も場所を変えて商いするのが嫌ってわけじゃねぇんだが、俺の天ぷらを楽しみに通ってくれてた連中に悪くてな」

あれから治作は悪い仲間を寄せ付けず、商売一筋に励んでいた。

達吉の話によると、長屋の店賃《たなちん》も毎日納めてくれるようになったという。

銀次には理由が分かっていた。

治作はこの商いが好きなのだ。

腕に覚えの技を振るい、客を喜ばせることが何より嬉《うれ》しいのだ。

そうでなければ名のある板前だった男が屋台で、それも下品とされる天ぷらを毎日揚げたりはしないはず。おかんの誘いなど一蹴《いっしゅう》し、今頃は博奕三昧《ばくちざんまい》で完全に身を持ち崩していただろう。

だが、治作はそこまで堕落しなかった。

博奕から完全に足を洗うことは難しいにせよ、商いを投げ出しはしない。

陰でこっそり手慰みをしていても、店賃を溜めぬ限りは大目に見てやりたい。

ふっと銀次は微笑んだ。

「お前さんの言う通り、浜町河岸のお馴染《なじ》みさんたちにゃ申し訳ねぇこったがな……商いしながら調べもこなすなんて芸当は、新入りの衆にはとても無理な相談だ。そこんとこを料簡して、引き続きしっかり頼むぜ」

「分かってらぁな。松吉には舌の肥えた客ばっかりだから気を抜くなって、せいぜい気合いを入れてやってくんな」

「心得たよ。それじゃな」

こうして屋台を廻《まわ》りつつ、銀次は自らも調べに動いた。

家には寝に帰るだけである。

両国から浜町までひとまたぎの距離とはいえ、夜更けになって帰宅する頃には毎晩ぐったり。達吉が用意してくれる飯も酒もそこそこに、泥の如く深く眠るばかり。

「あー、今日も疲れたぜ」

布団に横たわり、大きく伸びをする表情は心地よさげ。

取り組む仕事に入れ込んでいればこそ、何事も苦にならなかった。

手がかりが得られたのは、調べ始めて十日目のこと。

探していた矢場女が、ついに見付かったのだ。

居場所を突き止めたと知らされ、銀次は浜町河岸に戻った治作の屋台に出向く。

「ほんとに女ってのは男次第だなぁ、銀の字よ」

天ぷらを揚げながら、治作はぼやいた。

「徳松に牛耳られてたときは見るも哀れな老けっぷりだったそうだが、羽振りのいい旦那《だんな》が付いたとたんにすっかり若返ったって評判でな。俺も風呂《ふろ》帰りのとこを尾《つ》けていて、思わずそそられちまったよ」

「おいおい作さん、夜道でおかしな真似はしちゃいねぇだろうな」

「おきやがれ。俺《おら》ぁこれでも所帯持ちだぜ」

「ははは、冗談だって」

治作を茶化して笑った後、真顔になって銀次はつぶやく。

「成る程なぁ、囲い者になってやがったのかい。道理でどこの矢場を覗《のぞ》いても、影も形もねぇわけだぜ」

治作が調べを付けたところによると、おりょうという女は矢場の勤めを辞め、芝で分限者の囲い者になっていた。

情報をもたらしてくれたのは知り合いの漁師。芝の神明宮下に色っぽい女が越《の》してきたと聞かされ、銀次が浮世絵を見せたところ、間違いないとのこと。

金持ちに口説かれて妾《めかけ》になり、月々の手当てで養われるなど、以前の彼女であれば屈辱だったはず。甲斐《かい》性なしの男に入れ揚げ、さんざん貢がされた末にようやく目が覚めたのだろう。賢明な判断と言えば言えるし、いい歳をしていながら真っ当に所帯を持とうとしないのは、つくづく愚かでもあった。

もちろん銀次も治作も、四の五の言うつもりなど有りはしない。

大人ならば、何をしようと勝手である。

自分で尻《しり》を拭《ふ》けるのならば、好きにすればいい。

しかし、幼き者はそうはいかない。

親を含めた周りの大人たちの身勝手さに振り回され、暮らしぶりどころか生き死にまで決められてしまう。

そんな理不尽を許してはなるまい。

自立もできていない連中に、将来のある子供は任せられない。

実の父親であっても、同じことだ。

徳松の甲斐性無しは恐らく一生直らぬだろう。

更生させてやろうと思うほど、銀次はお人よしではない。罪無きおうめの身柄さえ取り戻せれば、後はどうなろうと構わなかった。

「子供は親を選べねぇ。放っとくわけにゃいくめぇよ」

熱々のえび天に塩をまぶしてかじりつつ、銀次はつぶやく。

かりかりに揚がった尻尾《しっぽ》まで美味《うま》そうに平らげると、

「次は柱を頼むぜ、作さん」

「あいよ」

治作は杓子《しゃくし》に取ったネタを衣に潜らせ、そっと油に入れる。

しゃーっ、じゅわじゅわじゅわ……

江戸の天ぷらは串《くし》に刺して揚げるのが基本だが、例外なのが桜えびや白魚、そして小柱と呼ばれるバカガイの貝柱。大きさが小指の先ほどで水気も多いため、まとめて搔《か》き揚げにしたのにかぶりつく。

揚がるのを待つ間に、銀次は隣の屋台に声をかけた。

「かけを一杯、急《せ》き前でくんな」

「へっへっへっ、そろそろお声がかかるだろうと思ってたぜ」

顔馴染みになって久しい中年のそば屋は笑顔で答える。

天ぷらは塩で食べるのが好みの銀次だが、搔き揚げは醬油《しょうゆ》で、もしくは熱々のそばに載せて味わう。屋台が連なる浜町河岸ならではの楽しみ方であった。

搔き揚げの仕上げにかかった治作を横目に、そば屋は丼《どんぶり》を取る。

そばは湯に投じられ、ちょうど茹《ゆ》で上がったところ。

「へい、お待ち」

「おう」

銀次は熱々のかけそばを受け取り、サッと治作の前まで持っていく。

じゅわっと揚がった小柱が、湯気の立つそばの上に盛り付けられる。

銀次の愛して止まない、天ぷらそばの完成だ。

何であれ、仕事に取りかかるときは腹ごしらえを疎《おろそ》かにしてはならない。

「ほい、銀さん」

「ありがとよ」

そば屋が差し出す割り箸《ばし》を、銀次は笑顔で受け取った。

かけそばのお代は丼と引き換えに渡してある。天ぷら代はツケておき、後でおかんに清算すればいい。

「へへっ、いい匂いだぜ」

出汁《だし》の香りを心ゆくまで楽しむと、銀次は箸をくわえて割った。

ずるずるずる。

しゃくしゃくしゃく。

音を立ててそばをすすり、掻き揚げにかぶりつく。

油が程よく絡んだそばと、出汁が染みてきた掻き揚げの取り合わせはもう最高。

「あー、美味かった」

つゆの一滴まで残さず、銀次はきれいに平らげた。

「すぐに芝まで出向くのかい」

「ああ。善は急げって言うだろ」

「無茶するんじゃねぇぞ、銀の字」

大脇差を担ぎ上げる銀次を、治作が心配そうに見やる。

「今日のとこは家を覗くだけにしておきな。旦那が来ちまったら厄介だぜ」

「何を言うんだい作さん。むしろ鉢合わせしたほうが話は早いだろうが」

胸を張り、銀次は不敵に微笑んだ。

「俺が聞き込んだ限り、おりょうってのは図太《ずぶて》えあまだ。徳松にゃべた惚《ぼ》れだったのかもしれねぇが他の男のことは金づるか、蠅ぐらいにしか思ってねーよ。居場所を教えてくれと正面から頼んだところで、まず聞く耳なんぞ持ちゃしねぇやな。だったら旦那に昔の男のことをばらすと脅し付けるか、当の旦那に立ち会ってもらって、話をするのがよかろうぜ」

「止めろよ銀の字っ、そんな真似をしたら冗談じゃ済まねぇぜ」

治作は懸命に止めにかかる。

「おりょうの旦那ってのは厄介な手合いなんだ。そんな真似をしたら妾ばかりか手前の面目まで潰《つぶ》されたと思い込んで、お前さんを殺しにかかるかもしれねぇよ」

「ほんとかい、この俺を？」

「江戸は広いぜ。幾らお前さんが強くても、芝の辺りまで評判は届いちゃいねぇよ」

「穏やかじゃねぇな。その旦那ってのは、堅気じゃねぇのかい」

「堅気は堅気なんだが、本多五郎兵衛《ほんだごろべえ》って、旗本くずれの高利貸しでな……口が達者で腕も立つ上、ってを頼って悪事を揉《も》み消すのも朝飯前。できれば敵に廻《まわ》したくねぇ野郎だよ」

「よく知ってるなぁ作さん。まさか銭を借りているのかい」

銀次はさりげなく問い返す。

「ち、違うよ」

治作は慌てて目を逸《そ》らした。

「おいおい、何も隠すことはないだろ」

銀次はすかさず畳みかける。

嘘が吐《つ》けない質《たち》なのは、知り合ったばかりの頃から承知の上だ。

「サックリ答えてくんな作さん。美味い天ぷらを揚げてるお前さんの歯切れがそんなに悪くちゃ、うちの看板が泣くってもんだろうぜ」

「分かったよ」

治作は銀次に向き直った。

「お前さんの言う通りさ」

「どうしてまた、そんな奴んとこに行ったんだい」

「どこの金貸しも相手にしてくれなくて、つい足を運んじまった。うちの屋台に駆け込んできた女房に下の娘が風邪をこじらせちまったって泣き付かれてな、薬代が欲しくても売り上げをくすねるわけにゃいかねぇし。まぁ、それが怪我の功名になって、おりょうの居場所が見付かったんだけどな」

「そういうことだったのかい。早く言いなよ、水くさい」

「銀の字」

「芝まで足を運ぶついでに、俺が話を付けてこようじゃねぇか」

「いいのかい」

「約束を破って博奕《ばくち》につぎ込んだってんならどうしようもあるめぇが、娘さんのためにやったことなんだろ」

「す、すまねぇ」

「いいってことよ。ちょいと行ってくるぜぇ」

笑顔で告げると、銀次は足取りも軽く屋台から離れた。

向かった先は、最寄りの船宿。

折よく猪牙《ちょき》が一艘《そう》空いていた。

「芝まで頼むぜ」

帳場のあるじに運賃の銭を渡すと、銀次は猪牙に乗り込んだ。

「行きますぜぇ、銀さん」

船頭は器用に棹《さお》を使い、岸辺から猪牙を離す。

後は棹を櫓《ろ》に持ち替え、川伝いに漕《こ》ぎ進めていく。

江戸市中は縦横に運河が巡り、歩けば遠いところにも舟を使えばすぐに着く。駕籠《かご》に乗るより安上がりな上に道路と違って混み合うこともなく、重い荷物を運ぶのも楽だった。その代わり揺れやすいのが玉に瑕《きず》だが、銀次は慣れたもの。ぐんぐん進む舟の上で背筋を伸ばして座り、気分を悪くするどころか心地よさそうに川風を頬に受けていた。

(鑓《やり》の本多か。へっ、懲らしめ甲斐《がい》があるってもんだぜ)

銀次は不敵に微笑んだ。

本多五郎兵衛の悪い評判は、かねてより銀次も耳にしている。

三河《みかわ》以来の直参にして徳川四天王の一人に数えられた、かの本多忠勝《ほんだただかつ》に連なる旗本の出で、家督を継げない末っ子の立場を逆手に取って金貸しを始め、庶民を相手に悪どい取り立てで暴利を貪《むさぼ》っていた。

無役とはいえ、直参旗本にあるまじき所業であった。

寛永《かんえい》の昔の旗本奴《はたもとやっこ》を気取って盛り場をのし歩いたり、酒食遊興に幾らか耽《ふけ》るぐらいであれば、部屋住みの肩身の狭さに耐えかねた末の、若気の至りで済まされよう。

しかし、五郎兵衛の行いは明らかに開き直ったもの。

四十を過ぎた末っ子の乱行を老いた親兄弟は持て余し、さりとて分家ながら将軍家とつながりの深い本多の一族だけに公儀の役人衆もうるさく言えず、見て見ぬ振りをするばかり。そんな周囲の態度をいいことに、五郎兵衛は増長する一方であった。

民の上に立つ身分、しかも名家の出でありながら、ふざけた奴と言うしかない。

(外道でも腕は立つって評判が本物かどうか、吟味してやろうじゃねぇか)

決意も固く、胸の内で銀次はつぶやく。

好んで手を出すつもりはなかったが、おりょうを締め上げるのを邪魔されたときは対決も辞さぬつもりだった。

五

汐留《しおどめ》橋で猪牙から降りた銀次は大名小路を抜け、神明宮へと向かった。

（どっちを向いても武家屋敷か。へっ、どれもこれもご大層な構えだぜ）

大名や旗本の住まいが多いのが、御城に近い芝の特徴。

旗本でも軽輩は格下の御家人と同様、大川を渡った先の本所深川の界隈《かいわい》で暮らしているが、本多家の如く三河以来の直参で御大身《ごたいしん》ともなれば、登城がしやすい一等地に広い土地と屋敷を与えられる。昔はともかく今は大した働きもしていないのに、銀次から見れば不公平な限りのことだった。

門構えも大きい数々の武家屋敷に加えて、芝には増上寺《ぞうじょうじ》を初めとする寺社が多い。

程なく、神明宮の鳥居が見えてきた。

芝の象徴と言えば愛宕山《あたごやま》に増上寺だが、この神明宮も忘れてはならない。

毎年九月に十日も催されるだらだら市はとりわけ有名で、初物の葉生姜《しょうが》を売る露店で大いに賑《にぎ》わう。銀次もその時期にはおかんに頼まれて買いに来るが、それ以外は足を向けることもなかった。

(こっちの横丁だな)

見当を付け、銀次は脇道に入っていく。

おりょうが囲われている家は、すぐ分かった。

四方を黒板塀に囲まれた、小さいながらも瀟洒《しょうしゃ》な一軒家である。

折しも女中らしい娘が一人、表に出てきたところだった。

銀次は物陰に隠れて、様子をうかがう。

娘はすこぶる機嫌が悪かった。

「まったく吝《しわ》いにも程があるよ。ゆっくり骨休めしてくればいい、なんて上手《うま》いこと言っといて、そのたびにちゃっかり給金を差っ引きやがって。用事もないのに実家に帰ったら、ただでさえ決まりが悪いってのに」

銀次に気付かず、ぶつぶつ文句を言いながら角を曲がって歩き去る。

囲われ者が女中を実家に帰したがる理由は、ひとつしかない。

(はは一ん、間男だな)

分限者の旦那《だんな》の世話になって豊かな暮らしを確保した上で、男を密《ひそ》かに引き入れるのは、囲われ者にありがちな振る舞い。

むろん、相手は誰でもいいというわけではない。

おりょうのような女ならば、尚《なお》のことだ。

（十中八九、徳松に違いあるめぇ）

銀次は辺りを見回した。

行き交う者がいないのを確かめ、そっと戸口に歩み寄る。

板戸には、きっちりと心張《しんば》り棒が掛かっていた。

女中を表に出してすぐ、中から戸締まりをしたのである。まだ陽は高いというのに用心深すぎる。

銀次は黙って戸口から離れ、家の裏手に廻《まわ》る。

こちらの戸も閉めきられていたが、問題ない。

相手が中に籠《こ》もりきりになっていることさえ分かれば、十分だった。

（さーて、どうしたもんかな）

銀次は思案を巡らせた。

おりょうが連れ込んだ間男が徳松ならば、逃がしてはなるまい。

ここは慎重にして確実に、事を進めるべきだろう。

（そうだなぁ……屋根に上って忍び込むのが手っ取り早いが、昼日中からそんな真似をしたら人目に立って仕方がねぇ……ここは角樽《つのだる》を買ってきて、酒屋でも装うか……

祝い酒を届けるように頼まれたって言や、たとえ心当たりがなくたって戸を開けるに決まってるからな……開けさせちまえばこっちのもんで、踏み込んじまえばいい……よーし、その手で行くとしようか）

思案さえまとまれば、後は行動に移すのみだ。

しかし、酒屋に向かう余裕はなかった。

表通りに出たとたん、銀次はぎょっとした。

向こうから中年の男が一人、憤然と歩み寄ってくる。

着流しに袖無《そでな》し羽織を重ね、小脇差を帯前に差している。

袴《はかま》は穿《は》いていなかったが、両肩を揺らさず腰から先に前に出る、足の運びを見れば武士だと分かる。大小の刀を帯びて歩くことに慣れた身ならではの習慣だからだ。

身の丈は並だが手足が太く、腰回りは引き締まっていた。

顎《あご》が突き出た顔の造りは頑丈そのもの。見るからにふてぶてしい。

銀次は身を翻し、物陰に再び隠れる。

やって来た男は銀次に気付かぬまま、表戸の前に仁王立ちとなる。

「おりょう、私だ！　五郎兵衛だ！」

続けざまに戸を叩《たた》き、呼ばわる声は大きい。

日頃から裏切りを察知していなければ、こんな不粋な真似はしないはず。

思わぬ形での、本多五郎兵衛の登場だった。

(参ったなぁ、旦那に先を越されちまったい)

銀次は顔をしかめずにいられない。

まったく予想外の事態だった。

鉢合わせしたら好都合と治作に言ったのは、こういうことではない。

銀次が先に乗り込んでおりょうを挑発し、さんざん怒らせたところに五郎兵衛が何も知らずにひょっこり来てくれたら、上手いこと乗せられると思ったのだ。

しかし、五郎兵衛は妾《めかけ》の裏切りに感付いていた。

仕事一辺倒で気が向いたときしか女のことなど考えない質《たち》かと思いきや、若い妾に執着し、行動を探っていたのだ。

困ったことになってしまった。

この勢いでは、間男は無事では済むまい。

おりょうはどうなっても構わぬが、徳松の身に何かあっては、連れ去った娘の行方を聞き出すことができなくなる。

少々ぶん殴られる程度で済めばいいのだが。

五郎兵衛の怒りは高まるばかり。

再び戸を叩き出す。

「開けなさいっ、さもないと家ごと打ち壊すぞ」

やりかねない勢いだった。

「ま、待ってくださいな、旦那さま」

焦った声と共に、板戸が開いた。

出てきた女の顔は、浮世絵にも増して艶《つや》っぽい。肌襦袢《はだじゅばん》の上に丹前を羽織っただけの装いも、崩れた色気を醸し出して止まなかった。

しかし、五郎兵衛はにこりともしない。

冷たく告げたのは、ただの一言。

「どきなさい」

「そんな、あたしは何も」

「どけと申しておるだろうっ」

言い訳を聞こうともせず、がらりと戸を引き開ける。

「ひっ」

中に居た男が悲鳴を上げ、奥に向かって駆け出した。

色白でのっぺりとした顔立ち。唇だけは、紅をさしたかの如く赤い。

おたけから聞き出した、徳松の人相そのものである。

「お待ちくださいまし、旦那さまぁ」

「やかましいっ」

抗《あらが》うおりょうを押しのけて、五郎兵衛は土足のまま部屋に踏み込む。

鴨居に手を伸ばしたのは、掛けてあった鑓《やり》を取るためだった。

いざ合戦となったときに携えて出陣するものではない。

柄《え》の長さが三尺（約九〇センチメートル）どまりの、俗に枕鑓と呼ばれる護身用のものだが、造りは本物。短いながらも鑓穂は鋭く、心得のある者が振るえば刀を手にした相手も圧倒できる得物であった。

得物を手にした五郎兵衛は、ずんずん奥へと踏み入っていく。

徳松は逃げ場を失い、壁際に追い詰められた。

「覚悟せい、間男め」

「ご、ご勘弁くだせぇまし。誘ったのは、おりょうのほうなんで」

「問答無用っ」

哀れっぽい声を上げるのに構わず、五郎兵衛は鑓の柄をしごく。

左足を前にした構えに隙は無く、腰の据わりも十分。

このままでは徳松は一撃の下に刺し貫かれ、即死させられてしまう。

放っておくわけにはいかなかった。

銀次は物陰から出てきた。

「だ、誰なんだいお前さん」

驚くおりょうには目も呉《く》れず、敷居を越えて土間に立つ。

「お待ちなせぇ、旦那《だんな》」

「何奴じゃ。先程から目障りぞ」

「おや、気付いていなすったので?」

「この家《や》の様子を陰で窺《うかご》うておったであろう。怪しき奴め」

「へっ、先刻ご承知なら話が早いや」

臆《おく》せず銀次は言い放った。

「その男からどうしても教えてもらいてぇことがございやす。さぞお腹立ちのことでござんしょうが、ちょいとお待ちいただけやせんか」

「知ったことか」

五郎兵衛は鼻で笑う。

「命が惜しくば、早々に立ち去れい。さもなくば、こやつともども成敗いたすぞ」

「そうですかい。だったら仕方ありやせんね」

「何じゃおぬし、俺とやる気か」

「お相手させていただきやしょう。おい、下がってな」

「へ、へいっ」

徳松があたふたと廊下に逃れた。

それを見届け、銀次は五郎兵衛の間合いに入っていく。

「ふっ……」

五郎兵衛が鑓を構え直す。

「ヤッ」

二人の距離は見る間に詰まった。

気合いと共に、鋭い鑓穂が唸《うな》りを上げた。

次の瞬間、重たい金属音。

「ううっ」

五郎兵衛は堪《たま》らずによろめいた。

上から見舞った銀次の一撃に、鑓を叩き落とされたのだ。

「申し訳ありやせんねぇ。ちょいと待っててもらえますかい」

涼しい顔で告げる銀次は、大脇差を抜いてもいない。鞘《さや》に納めたまま一気呵成《いっきかせい》に振り下ろし、必殺を期した手練《てだれ》の突きを、ものの見事に阻んだのだった。

徳松との話は、そう長くはかからなかった。

「おうめを吉原に引き渡した、だと」

「何か文句でもあんのかい。親が子供をどうしようと勝手だろ。え？」

いかなるときも、弱気になってはいけない。

この愚かな男の頭には、そう刷り込まれているらしかった。

銀次が暴力は振るわないと見なし、図に乗ってもいたのだろう。

それに銀次が居る限り、五郎兵衛も手出しはできまい。

現に激しく落ち込み、おりょうを咎《とが》める気力まで失《う》せてしまっている。

「市井のごろつき如きに俺は負けた……幼き頃より今日《こんにち》まで欠かさずに参った鍛錬は一体何だったのだ。ううっ」

「しっかりなすってくださいよ、旦那ぁ」

「へっ、見ちゃいられねーや」

おりょうに慰められているのを横目に、徳松はにやりと笑う。

声を低めて銀次に語りかける態度も、狡猾《こうかつ》そのものであった。

「なぁお前さん、俺と手を組まねぇか」

「……」

「おいおい、そんな怖い顔すんなって」

無言で見返す銀次に、徳松は続ける。

「芝の五郎兵衛って恐れられた旦那も、自慢の鑓を封じられて形無しだ。これじゃ俺を成敗するどころか、自信を無くして金貸しも続けられめぇ。この機を逃さず隠居を勧めてよ、俺とおりょうとお前さんの三人で、証文をそっくり引き継ぐってのはどうだい。へっへっへっ、そうすりゃ左うちわで遊んで暮らせるぜ」

黙って聞き終え、銀次はぼそりと言った。

「それで、娘はどうするつもりだ」

「うるせぇなぁ。そんなのどうだっていいだろうが」

鬱陶《うっとう》しそうに徳松は答える。

「お前さんがどうしてもって言うんなら、買い戻してやるさ。もちろん一儲《ひともう》けした後のこったがな」

「買い戻してから、どうするんだ」

「売り飛ばすのが気に入らないんなら、里子にでも出そうかね」

「おたけさんの許《もと》に帰してやるのが筋だろう」

「馬鹿を言うない。そんなの真っ平御免だぜ」

「何だと」

「どうやってお前さんを口説いたのかはしらねぇが、あいつは可愛げも何もありゃしねぇ、あくせく働くことしか頭にない女なんだよ。髪結いの客のことばかり大事にしやがって、たまに俺が可愛がってやろうとしても嫌がるくせによぉ、どんなに疲れていても、がきにだけは甘い顔を見せやがる。あんな女に育てられるより、よそで苦労をさせたほうがおうめのためになるだろうよ」

「本気でそんなことを言ってんのかい」

「お前さんは若いんだよ。そのうち所帯を持てば分かるこった」

「そうかい」

小さくうなずき、銀次はゆらりと立ち上がった。

「ひっ」

五郎兵衛がびくりと背中を震わせる。

「へっ、ざまぁねぇや」

聞こえよがしに徳松がうそぶく。

と、軽薄な笑顔が強張《こわば》った。

銀次が振り向きざまに、手刀を叩《たた》き込んだのだ。

強烈な一撃は、首筋の急所を的確に捉《とら》えた。

「ううっ」

後ろに倒れ込んだときにはもう、徳松は失神していた。

当分は目を覚ましそうにないと見定め、銀次は言った。

「旦那、後は煮るなり焼くなり好きにしなせぇ」

「おぬし、俺のために……？」

「心得違いをしなさんな」

戸惑う五郎兵衛に銀次は告げる。

「こんな奴を生かしておいたら、娑婆《しゃば》塞《ふさ》ぎになるばかりと思っただけさね。お前さんの商いだって褒められたもんじゃあるめぇが、上には上が居るらしい……二度と人様に迷惑をかけねぇように、始末を頼むぜ」

そう告げたきり口を閉ざすと、銀次は表に出て行った。

この状況でまだ徳松を庇《かば》うなら、おりょうも大した女である。

しかし海千山千の矢場女は、そんな健気《けなげ》さとは無縁であった。

「あたしのことは許してくださるんですか、旦那さまぁ」

「是非もあるまい。これからは心を入れ換え、誠心誠意尽くすのだぞ」

「あい。何事も仰せの通りにいたします」

「よし、よし。されば使いを頼む」

「人手を集めて、こいつを連れて行くんですね」

「そういうことだ。あの若造が言うとおった通り、生かしておいても世の中の役には立たぬ……仕置きをした上で簀《す》巻《ま》きにいたし、大川に流すといたそう」

五郎兵衛、切替えが早い。

「分かりました。すぐに戻って参りますね」

おりょうは嬉々《きき》として身支度を始める。

すでに銀次の姿は辺りに無かった。

六

銀次は浜町の『揚げもの処　天ぷら銀』に戻り、おかんに事の次第を知らせた。

「吉原に売り飛ばされたってのかい」

「ったく、世の中にはひでぇ父親が居るもんだぜ。俺の親父がそんな奴なら、こっちから縁を切ってやるさね」

「こら、冗談でもそんなこと言うんじゃないよ」

「へへっ、分かってるよ。浪人だから一緒になることはできなかったけど、大した男だったんだろう。おっかさんが選んだ相手なら、そうに違いあるめぇさ」

「だから昔から、そう言って聞かせてるだろ」

「ごめんよ、おっかさん」

すでに日は暮れ、治作たちも商いを終えて天ぷら長屋に戻ったところ。

事態が気になる治作は達吉ともども、襖《ふすま》の陰で黙って耳を傾けていた。

「ぶるるっ、俺も気を付けなくっちゃなるめぇな」

「子供を売り飛ばそうって気になったことがあるんですか、治作さん」

何気ないつぶやきを聞き咎《とが》め、じろりと達吉が睨《にら》む。

「そ、そんなことあるわけねぇだろ」

慌ててごまかし、治作は耳を澄ませる。

襖の向こうでは、おかんと銀次のやり取りが続いていた。

「ほんとかどうか分からねぇが、徳松は十両受け取ったって言ってたよ」

「怪しいもんだね。お前さんに取り上げられると思い込んで、わざと少なく答えたんじゃないのかい？」

「だとすりゃ十五両。まさか切り餅《もち》ひとつってことはあるめぇ」

「口八丁手八丁で値を吊《つ》り上げりゃ、十分に有り得る額だろうさ。それにおたけさんの隣近所であたしが聞き込んだところじゃ利発で気立てのいい子らしいし、おまけに器量よしと来りゃ、因業な廓《くるわ》のあるじだって元手を惜しみゃしないさね」

「一番人気の花魁《おいらん》に育て上げりゃ、何千何万と稼げるってことかい。ただでさえ気の毒な娘にそんな真似をさせられるかってんだ」

「だからお前さんが何とかしてやるんだよ、銀」

と言って、おかんは長火鉢の引き出しを開く。

取り出したのは四角い包み。金二十五両をくるんだ切り餅だ。

「貰《もら》っちまっていいのかい、おっかさん」

「お前にやるわけじゃない。おうめちゃんを買い戻すために使うんだよ」

「ありがてぇ、恩に着るぜ」

「だからお前にやるわけじゃないっての」

「おんなじこったよ。これで不幸せな子が助かるんなら」

「ほんとにお前さんは子供に優しいね」

「なぜだか手前《てめえ》でも分からねぇんだが、こういう話を聞くとどうにも黙っちゃいられねぇんだ」

「その意気、その意気。おうめちゃんを必ず連れ戻してくるんだよ」

「心得たぜ、おっかさん」

銀次は勇んで立ち上がった。

「どうだ、たっちゃんと作さんも一緒に来ねぇか」

「いいんですか、銀次さん？」

「俺《おら》ぁ断られても付いて行くぜ、銀の字」

戸惑う達吉をよそに、治作は胸を叩いて見せる。

「憚《はばか》りながら俺も人の親だからな。廓の因業おやじが四の五のぬかしやがったら、気の利いたことを言い返してやるよ」

「へへっ、頼もしいじゃねぇかい」

銀次は明るく微笑み、先に立つ。

達吉も治作に引っ張られ、後に続いた。

三人連れで舟を仕立て、向かった先は浅草の山谷堀《さんやぼり》。

長い堤を歩いて着いた先には、吉原遊郭の大門《おおもん》。

江戸で唯一、幕府が営業を許した色町であった。

相手が誰であれ、いきなり訪ねるのは失礼なことである。

そうした礼儀は、銀次とて弁《わきま》えている。

徳松がおうめを売り飛ばした先が岡場所ではなく、吉原なのは不幸中の幸いだったと言えよう。

「芸者って、遊郭に芸者さんが居るんですか」

「当たり前だろ。誰がこいつを弾いてると思ったんだ」

不思議がる達吉に、治作は三味線を弾くまねをしてみせる。

「そりゃ、新造のお女郎さんのお役目でしょうよ」

「そいつぁ表向きだけのこった。こっそり芸者衆も手伝わなきゃ、こんなに盛大な音にゃならねぇよ。第一、男をさばく手練手管を覚えるだけで一苦労の女郎衆が、いちいち鳴り物にまで気を入れちゃいられねぇだろうが」

「はぁ」

「ったく、お前さんは算盤《そろばん》勘定の他はなんも知らねぇんだなぁ……」

きょとんとする達吉に、治作は呆《あき》れた様子。

そんなやり取りをよそに、銀次は飄々《ひょうひょう》と先を行く。

大門を潜った三人を押し包むかの如く、鳴り響く三味の音は見世《みせ》清掻《すががき》。吉原芸者が代々受け継いだ合奏は、紅殻《ベンガラ》格子の向こうから絶えず聞こえる。

訪ねた芸者の名は桃代《ももよ》、当年取って二十五歳。かねてより銀次を巡って美弥と張り合っている、美しくも勝気な女人であった。

桃代は銀次の訪問を喜び、茶菓でもてなしながら話を聞いてくれた。

しかし、笑っていたのは最初のみ。

話が進むにつれて、眉間《みけん》に皺《しわ》が寄って来た。

「それじゃ何かい、かむろに売られた子供を買い戻したいから、平野屋の旦那《だんな》と引き合わせろって言うのかい」

「頼むよ、姐《ねえ》さん。俺とお前さんの仲じゃないか」

甘える銀次の態度は慣れたもの。吉原がらみの事件が起こるたびに、こうして桃代を訪ねては手助けを頼んでいるのだ。

惚《ほ》れた弱みで、ひとつ年上の彼女はいつも手を貸してくれる。

だが、こたびばかりは難しい様子であった。

「うーん、よりによって平野屋か。清水屋《しみずや》の旦那だったら、まだ話を聞いてくれるだろうに……困ったねぇ」

桃代が挙げたのは、いずれも銀次の知らない楼閣の名前。

「どうしてそう思うんだい、姐さん」

「決まってるだろ。平野屋の旦那はね、かむろを滅多なことじゃ買わないからさ」

「そりゃまた、どうして」

「廓のお女郎衆が生んだ子供を育てて、働かせているからね」

「へぇ……地獄の吉原にも、そんな奇特なお人がいなさるのか」

「何が奇特なもんか、あれは鬼だよ」

「鬼だって」

「どの子も廓の外じゃ生きていけない、だから逃げられないのを承知の上で、手許《てもと》に集めていなさるからさ。見栄えのいい娘はかむろに仕立て、そうじゃない娘と男の子は下働きにこき使って、へたばったらそのままさ。まったくひどいもんだよ」

「そんな男が大枚をはたいて、おうめを買ったのか」

「よっぽど器量がいい上に、賢い子なんじゃないのかい」

「ああ。おっかさんが調べてくれた」

「おかみさんの見立てなら間違いはないだろう。平野屋の旦那が金を出す気になったのもうなずけるってもんだ。うーん、こいつぁ難しいよ」

桃代の眉間の皺がきつさを増す。

「ちょいと落ち着きなせぇ。せっかくの別嬪《べっぴん》が台無しですぜ」

治作が口を挟んだところで、何の効き目も有りはしない。

ましてや達吉のことなど、最初から気にも留めていなかった。

やむなく、すーっと銀次は肩を寄せていく。

「な、何さ」

「後生だよ姐さん、頼むよう」

「もう、困った人だねぇ」

銀次のいつになく甘えた声に、思わず桃代の顔も緩む。

しかし、安請け合いはしなかった。

「おっと、やっぱり駄目、駄目。あたしがおまんまの食い上げになっちまう」

「大丈夫だよ。そんときは俺が養ってやるからさ」

「そんなこと言って、あたしが誘ったって逃げてばかりじゃないか」

「そいつぁ姐さんが所構わず迫ってくるからだろ」

「何をお言いだい。あの小娘に比べりゃ、まだ慎みがあるだろうが」

桃代の眉間にまた皺が寄る。

慌てて銀次は諸手《もろて》を挙げた。

「まぁまぁまぁ、そんな話は改めて聞かせてもらうから、人助けと思って手を貸しておくれよ。ほんとに恩に着るからさ」

「そりゃ、ここまで銀ちゃんから言われちゃ無下にもできないけどさぁ、あの旦那はまだ若いくせに、滅多にいない曲者《くせもの》なんだよ」

「そんなことはねぇだろう。桃代姐さんにかかったら、どんな堅物もいちころのはずだぜ。何しろ、この俺がメロメロなんだからなぁ」

「もう、心にもないことをお言いでないよ」

銀次の口説きに、桃代は満更でもない様子。

しかし、おうめが売られた先のあるじが因業なのは事実であった。

「姐さんの言う通りだぜ銀の字。平野屋を甘く見たらやけどするぞ」

治作は真面目な顔で銀次に告げた。

「商売敵の清水屋もいい花魁《おいらん》を抱えちゃいるんだが、平野屋は床上手が揃ってるのが売りでな、あるじの仕込みだって専らの評判なんだ」

「ほんとかい、作さん」

「ああ。これでも羽振りのいい頃があったんでな……へっ、いっときはずいぶん通い詰めたもんさね」

「ったく、お前さんのような客が多いからいけないんだよ。どいつもこいつも色餓鬼ばかりで、終《しま》いにゃ芸者にまで手を出そうとするんだから」

横で聞いていた桃代がぼやく。

「分かったよ、銀ちゃん。腹ぁくくって平野屋に行こうじゃないか」

「かっちけねぇ、姐さん」

銀次は笑顔で礼を言う。

しかし、さすがに桃代はしたたかだった。

「お前さん、ほんとにあたしを養ってくれんの」

「そのときはそのときさ。任せておきねぇ」

「だったら平野屋の旦那からも護《まも》っておくれな」

「どういうこった」

「あの旦那、あたしに客を取れってうるさいのさ」

「そんな、姐さんは芸者じゃないか」

「その芸者とお座敷の流れでいいことしたいって言い出す客が多いから、あたしらが困ってるんじゃないか。子供を助けたいのはあたしだって同じだけど、代わりに身売りをしろなんて言われたら困るよ」

「分かったぜ、姐さんのことは俺が護るさ」

「頼りにしてるよ、銀ちゃん」

「あいよ」

頼もしく答えつつ、桃代の手をそっと握り返す銀次だった。

七

吉原の夜が更けてゆく。

平野屋を訪れた銀次たちは、一刻（二時間）余りも待たされた。

いい加減焦《じ》れたところに、あるじから呼び出しがかかった。

「待たせたな、お前さん方」

「こっちこそ、不躾《ぶしつけ》に押しかけちまってすみやせんね」

まずは礼儀正しく、銀次はぺこりと頭を下げた。

「お前さんが揉《も》め事さばきの銀次さんかい。噂はかねがね聞いてるよ」

「ほんとですかい、旦那《だんな》」

「まぁ、俺の目の届くところじゃ妙な真似はしないでもらいてぇがな」

「ははは、恐れ入りやす」

「おいおい、真面目に心得てくれなきゃ困るぜ」

雰囲気を和らげようと笑った銀次を、あるじはじろりと睨《にら》み付ける。

気まずい沈黙が、しばし流れる。

先に口を開いたのはあるじだった。

「ところでお前さん、今夜は何しに来たんだい。桃代の口利きだって言うから通してやったが、下手な話をしやがったらただじゃ帰せねぇぜ」

「まぁまぁ旦那ぁ、お手柔らかに願いますよう」

桃代の取り成しに続いて、銀次は話を切り出した。

「つい先頃、旦那のとこにかむろの売り込みがあったでござんしょう」

「お前さん、どうしてそれを」

「夫婦別れをした女房から、娘を捜してほしいと頼まれたんです。亭主は娘を勝手に売り飛ばしかねないろくでなしだから、その前に何とかしてもらいたいと」

「そいつぁ生憎《あいにく》だったなぁ。その娘なら、俺が買っちまったぜ。名前はおうめってんじゃねぇのかい」

「お願いしやす旦那。おうめをどうか引き取らせてくだせぇまし」

「駄目だ。話を付けて金も払ったんだからな」

「おあしだったら、色を付けてお返ししやす」

「そんなこと言っていいのかい。あの娘は十五両で買ったんだ」

「だったら二十両でいかがですかい」

平野屋のあるじの顔付きが一変した。

「てめぇ、俺を舐《な》めてんのか」

「それじゃ二十一両で」

「競りじゃねぇぞ、馬鹿野郎」

ドスを効かせた声だった。

銀次は言葉に詰まった。

たしかに、一筋縄ではいかない相手である。

手持ちの二十五両をそっくり渡しても、返してもらえそうにはない。

平野屋のあるじは、意に染まぬことはことごとく拒絶する質《たち》なのだ。

これまでのやり取りで、そんな気性は十分わかった。

桃代が難色を示したのも当然だろう。

しかし、始めてしまった交渉は途中で止められない。

金で話が付かぬとなれば、掻《か》き口説くより他になかった。

「この通り、伏してお願い申し上げやす」

頭を下げる銀次に続いて、治作と達吉も深々と平伏する。

「あたしからもお頼みしますよ、旦那ぁ」

桃代もしおらしく調子を合わせてくれた。

それでも、因業なあるじは首を縦に振ろうとしない。

「話はこれまでだ。とっとと帰りな」

「そんな、旦那っ」

銀次は思わず顔を上げる。

そこに大脇差が運ばれてきた。

「なんだいこれは、めちゃくちゃ重いじゃねぇか」

「安物だろうに、手間ぁかけさせやがるぜぇ」

廓《くるわ》の若い衆が二人がかりで、えっちらおっちら持ってきたのは、銀次たちに帰宅を促すためである。

遊郭は刃物が持ち込めないのが掟《おきて》。

たとえ武士であっても、大小の二刀は帳場に預ける。

銀次の大脇差も例外ではなく、先程から取り上げられていた。

その得物を返して寄越《よこ》したのは、帰れと無言の内に告げると同時に、この場で暴れられても一向に構わぬということだ。

折しも廊下では、二人の浪人が待機していた。

「銀次さんとやら、お前さん大した暴れん坊らしいな」

挑発するかの如く、平野屋のあるじが言った。

「聞いたところじゃお前さん、その得物を一遍も抜いたことがないそうだが」

「よくご存じですね、旦那」

「蛇の道は蛇って言うだろ」

あるじは淡々と告げてきた。

「お前さんの腕前、ちょいと見せてもらおうか」

「は？」

「先生方、軽く揉んでやってくだせぇ」

戸惑う銀次に構わず、あるじは浪人たちに下知する。

応じて、二人は鞘《さや》を払う。

いずれも三十前後と思《おぼ》しき、猛々《たけだけ》しい顔付きの浪人だった。

やさぐれた雰囲気を漂わせている。

しかし、腕は確かな様子であった。

（二人がかりで来るつもりかい）

銀次は背中を向けたまま、気配で動きを読んでいた。

腕が立つくせに卑怯《ひきょう》な真似をしようとは、ふざけたことだ。

されど、文句を付けるわけにはいかない。

平野屋から見れば、銀次たちは敵である。

排除すべく用心棒をけしかけるのも、当然の対処であろう。
むろん、大人しくやられてはいられまい。
「おめーら、姐《ねえ》さんを頼むぜ」
治作と達吉に一言告げるや、大脇差を左腰に取る。
鯉口が切られたのは、ほんの一瞬後のことだった。
「甘いわっ」
嘲《あざけ》りの声を上げたのは、銀次の背後に立った浪人。
サッと刀をひるがえし、防御の姿勢を取る。
次の瞬間、ぶわっと一撃が迫り来る。
振り向きざまに銀次が放った、抜き打ちだ。
余裕を持って受け止め、切り返せるはずであった。
刹那《せつな》。
ガキーン
座敷に盛大な金属音が響き渡った。
「な、何と」
吹っ飛ばされた浪人の手には、刀の柄《つか》だけが残っていた。

肝心の刀身はと見れば、壁に刺さって揺れている。
銀次の抜き打ちを受け切れず、砕けて飛んだのだ。
「おのれ、下郎っ」
相棒の浪人が畳を蹴《け》った。
銀次の不意を衝《つ》くべく、横手から斬りかかったのである。
しかし、銀次は動じない。
手にした得物を横一文字にし、浪人の斬撃《ざんげき》を受け止める。
ギーン
またしても大きな金属音。
打ち負けたのは浪人のほうだった。
「ううっ」
苦悶《くもん》の声を上げたのは、手のひらに受けた衝撃に耐えかねてのこと。
無理もあるまい。
銀次が手にしていたのは、ただの大脇差ではなかったのだ。
「な、何だ、それは」
平野屋のあるじが絶句する。

終始冷静だった男が、驚きの余りに声を失っていた。

見開く瞳《ひとみ》に映じた刀身が、行灯《あんどん》の明かりを受けて黒く光る。

鋼の刃ならば、全体が黒一色にはならぬはず。

銀次が手にしていたのは鉄刀と呼ばれる、合戦用の武具だった。

本来ならば一尺弱に仕立て、帯前に差して携行するものである。それを銀次は二尺近くに誂《あつら》えて鞘に納め、大脇差と見せかけて帯びていたのだ。

いつまでも鍔《つば》迫《ぜ》り合いに付き合ってやるほど、銀次は暇では無かった。

「わっ」

浪人がつんのめる。銀次の足払いを喰《く》らったのだ。

引っくり返った隙を逃さず、どしっと胸板を踏み付ける。

たちまち浪人は気を失った。

「うぬっ」

刀を叩き折られた浪人が、脇差を抜いて斬りかかる。

すかさず応じる銀次の手には、鞘が握られていた。

ただの鞘ではない。

ずっしり重たい鉄の刀身を納めておけるほど頑丈な上に、鉄輪《かなわ》と鉄鐺《こじり》で固めてある鞘自体、立派な得物と言っていい。

しゃっ
狙いすました一撃が、浪人のみぞおちに決まった。

突っ込んできた反動まで加わっては、とても立っていられない。

「ぐ……」

浪人は白目を剝《む》いて崩れ落ちた。

「まだやりますかい、旦那《だんな》さん」

「ま、待ちな」

平野屋のあるじは戦意喪失。

廓《くるわ》じゅうの若い衆をけしかけたところで、勝負は目に見えていた。

八

かくしておたけとおうめは、涙の再会を果たした。

「おっかちゃーん」

母親に駆け寄るおうめは大泣き。

迎えるおたけの顔も、歓喜の涙に濡れていた。

「さーて、行くとしようかい」

もらい泣きしそうになったのをグッと堪《こら》え、銀次は母子に背中を向ける。

感動の場面に水を差すのは野暮なこと。

無事に娘を送り届けた以上、長居は無用だ。

おたけの長屋を後にして、銀次は家路を辿る。

おうめの救出に一役買ってくれた治作にも、首尾を知らせてやらねばなるまい。

役目を全うした治作は、いつもの場所で商いに励んでいた。

「よかったなぁ。俺も浜町河岸に戻れてホッとしたぜ」

手際よく天ぷらを揚げながら、治作は微笑む。

「ところで銀の字、平野屋の払いは本多五郎兵衛がしてくれたんだって」

「ああ。あちらさんから申し出てくれたんだよ」

「そりゃまた、どういう風の吹き回しだい」

「要するに口止め料さね。俺にやられたことを、黙っていてほしいそうだ」

「成る程なぁ、鑓《やり》の本多が町人のお前さんにしてやられた……なんてことが町の噂になっちまったら、厳しい取り立ても通用しなくなるからなぁ」

「そういうこった。作さんの証文も巻いてもらったから安心しな」

「かっちけねぇ、恩に着るぜぇ」

「へっ、どうってこたぁないよ」

天ぷらそばをひと口すすり、今日も銀次はご満悦。

しかし、のんびりしてはいられない。

「銀さまぁ」

「銀ちゃーん」

耳にタコとなって久しい女たちの声が、遠くから聞こえてくる。

「か、勘定はツケで頼むぜ」

「あいよ」

「しっかりやんなよ、銀の字」

笑顔のそば屋と治作に見送られ、だっと銀次は駆け出した。

「あーん、銀さま待ってぇ」

「こらっ、どこ行くのさっ」

美弥と桃代の声が、逃げる背中に追いすがる。

銀次、二十四歳。

悪には強いが女に弱い、浜町の快男児だった。

第二章　惚れた女はとっとと口説け

一

桐の箱から取り出されたのは、不思議な白磁の像だった。

幼子を胸に抱いて微笑む姿は、一見すると慈母観音そのもの。

障子越しの西日が照らす横顔は、深い愛情に満ちている。

それでいて、見慣れたものとはどこか違った。

「えっ、観音様じゃないんですか、旦那さま」

「ははは。別物なんだなぁ、これが」

「何ですよう、焦《じ》らさず教えてくださいな」

「お前さん、隠れキリシタンって知ってるかい」

「キリシタンって……ご、御禁制の！」

「その通り。これは隠れキリシタンがお役人の目を盗んで拝んだ、マリア観音という代物なのだよ。ほら、見てごらん。この背中の穴にはロザリオって数珠《じゅず》みたいなもんまで隠しておけるんだ。はは、念の入ったことじゃないか」

「そ、そんな恐ろしい……。ど、どうしてこんなものが、旦那《だんな》さまのお手許《てもと》に」

「ははははは、何も驚くことはない。日頃からお付き合いを願っている九州のお大名家のご用人にちょいと頼んで、お国許から取り寄せてもらったのさ」

「まぁ……」

「なーに、どうってことはないさ。滞っていなさる借金の返済をしばらくお待ちしましょうかと持ちかけたら、勢い込んで山ほど集めてくだすったよ」

「山ほどって……これひとつきりじゃないんですか」

「まさか。私が欲深いのは知ってるだろうが……ほら」

新たな桐の箱が座敷に次々運ばれ、順繰りに蓋《ふた》が開かれていく。

出てきた像は、それぞれに違っていた。

「どうだい、面白いだろう」

「木造りに銅《あかがね》に焼き物……へぇ……いろいろとあるんですねぇ」

「おや、お前さん見慣れてきたらしいね。震えも止まった」

「はい、落ち着きました。何かお考えがあってのことなのでしょう、旦那さま」

「もちろんだよ。伊達《だて》や酔狂で、こんなもの集めやしない」

「だったら、こたびはどんな絵図を描いていなさるんです」

「あんなに震えていたくせに、知りたいのかい」

「ぜひとも教えてくださいまし」

「それじゃお前さん、手を貸そうって気になってくれたんだね」

「嫌ですよう。そう最初《はな》っから申し上げてるじゃありませんか」

「甘い甘い、そうやすやすとは信用できないよ」

「まぁ、ひどい」

「そりゃそうさ。お前さんに裏切られたら、こっちは命取りなんだから」

「そんなこと、しやしません」

「ほんとうかい」

「ひどい旦那さま。何遍も同じことを言わせないでくださいまし」

「お前さん、ほんとにこっちに寝返ってもいいんだね」

「はい。疾《と》うに覚悟は決まっております」

「分かったよ。ふふ、女は怖いねぇ」

「ひどい。あたしのどこが怖いんですか」

「ごめんごめん。こっちへおいで」

「はい」

「ずいぶん待たせちまって、すまなかったねぇ。この櫛《くし》は詫びのしるしだよ」

「まぁ嬉《うれ》しい」

「お前は私のものだ。金輪際、青二才になんか渡すものか」

「一生付いて行きますよう、旦那さまぁ」

「よし、よし」

衣擦《きぬず》れの音がせわしなく、人払いをされた座敷に流れる。

箱から出された像は、すべてそのまま。

重ね重ね、罰当たりなことだった。

二

陽射しも麗《うら》らかな昼下がり、銀次は自身番屋で将棋を指していた。

ぱちり

ぱちり

障子越しの陽の光が、盤の升目を照らしている。

相手の男は、早々と手詰まり。

「う～ん……」

腕を組み、困った顔で天井を見上げる。

歳は三十代半ばといったところ。

きりっと眉《まゆ》が太く、顎《あご》の突き出た男臭い顔立ち。身の丈こそ並だが、胸板の張りもたくましい体付きは精悍《せいかん》そのもの。小銀杏《いちょう》に結った髪は黒々していて量も多い。

装いは黄八丈《きはちじょう》の着流しに、五つ紋付の黒羽織。

羽織の裾《すそ》を内に巻き、角帯を締めた腰の後ろに挟んで動きやすくしている。町奉行所勤めの同心でも市中見廻《みまわ》りと犯罪捜査に専従する、廻方《まわりかた》に独特の着こなしだ。

「う～ん、参ったぜぇ……」

悩む男を前にして、銀次はふぁっと大あくび。

春の陽気に眠気を誘われながらも、急《せ》かすことなく待っている。

とりあえず男が王将を逃がしたのを見届け、ぱちりと駒を打つ。

破天荒と思いきや、銀次の将棋は堅実だった。

歩の一駒とて無駄にせず、突いては捨て、成っては捨てて、じわりじわりと相手を追い込んでいく。

将棋の駒は、敵の陣地に入ると強くなる。王将と金将は別として、手強《てごわ》いのは成ると同時に縦横無尽に突き進める飛車と角だ。

しかし、銀次はどちらの駒も持ってはいない。

力の差が大きいため、二枚落ちにさせられているからだ。

にも拘《かか》わらず、相手の男はこの有り様。何とも締まらぬことである。

「王手」

「ま、待ちやがれ」

銀次が駒を打つや、男は思わず腰を浮かせた。

「おい銀公この野郎。いつも人助けだの何だの言って無茶ぁしやがるのを目こぼししてやってんだからよぉ、将棋ぐれぇはちったぁ手加減しろい」

この男、ただの将棋好きではない。

千田万蔵《せんだまんぞう》、三十六歳。

亡き父親の跡を継ぎ、町奉行所に勤めて十五年。

十手《じって》捕縄《とりなわ》はもとより剣を取ってもなかなかの遣い手と評判ながら、この通り将棋はヘボ。暇さえあれば銀次を連れ出し、後の世の交番に当たる自身番屋で対局するのが常だが、一度も勝ったためしがない。どうせ負けるのだから止めておけばいいのにと周囲の誰もが思っていたが、そこが下手の横好きの困ったところ。まったく懲りないばかりか上達もしないから始末が悪い。

むろん、万蔵にも自覚はある。

ヘボ将棋を誰彼構わず、見せたくはない。

九尺《くしやく》二間《にけん》の番屋に居るのは二人だけ。

番人たちは万蔵に用事を言い付けられ、遠くまで使いに出されている。

余計な耳目《じもく》が無いのをいいことに、万蔵は言いたい放題だった。

「いいか銀公、おめーがやってることは御法破りなんだぞ。こないだも吉原に乗り込んで平野屋の用心棒どもと大立ち回りをしやがったそうだな。本多の殿さまが間に入ってくだすったからいいようなものの、無茶も程々にしやがれってんだ」

万蔵は口が過ぎる男であった。

心配してくれるのは嬉しいが、くどくどとうるさすぎる。

それに待ったをかけながらいいことを言われても、有難みは薄い。

こういう面倒くさい手合いを軽くいなせるのも、銀次ならではのことだった。

「どうした銀公、何とか言ってみろい、この悪たれがっ」

ドスを利かせて詰め寄られても、平気の平左。

「いいのかい旦那、そんな口を利いちまっても」

「な、何でぇ」

「俺《おら》ぁ知っているのだぜ。お前さん将棋が下手すぎて、お町（奉行所）じゃ小者にも相手をしてもらえねぇんだってな」

「ど、どうしてそれを」

「当たり前だろ。うちの商売は屋台の束ねなのだぜ」

驚く万蔵に銀次は告げる。

「屋台ってのは愚痴の吐きどころだ。人様の噂でもいい評判ってやつはあんまり耳に入っちゃこねぇが、悪口だったら耳にタコだよ」

「くそったれ、どいつもこいつも口の軽い」

「怒るな怒るな、ほんとのことだろうが。お前さん、下手の横好きは程々にしたほうがよかろうぜ。ちっとも上手《うま》くならねぇへボ将棋に毎度毎度、付き合ってやってる身にもなってくれよ。俺と指すのが嫌なら、二度と誘いに来てくれなくていいのだぜ」

「ちっ……」

舌打ちしながらも、万蔵は席を立たない。

腰を据えて座り直し、再びうんうん唸《うな》り始める。

何だかんだと言いながら、将棋の相手をしてくれるのは銀次だけ。ふてぶてしさに腹が立つものの、いつも誘い出さずにいられない。

まして、今日は特別である。

無理な頼みを引き受けさせるには、せめて一番だけでも勝たねばなるまい。

ぎょろりとした目を血走らせ、万蔵は懸命に駒を動かす。

しかし、無駄な抵抗だった。

ぱちり
「ほい、詰んだぜ」

王手を掛けた成り銀は抜かりなく、と金を後ろに従えている。

二段構えで来られては、万事休すだ。

「ちっ……」

万蔵は駒台に両手を突く。負けを認めた意思表示だった。

「ほんとにおめーは強ぇよなぁ……俺が御用にかかりきりになってる間も、将棋盤にばっかり向かってるんじゃねーのかい」

「そんな暇なんかありゃしないよ。これでなかなか忙しい身なのだぜ」

精一杯の負け惜しみを、銀次は軽く受け流した。

「旦那《だんな》こそ御用熱心なのは結構だが、そろそろ身を固めることを考えたほうがいいんじゃないか。いつまでもヘボ将棋に凝ってばかりで、母上様に世話を焼かせちゃいけねぇよ。お前さんのためを思って言ってるのだぜ」

痛いところを突くものである。

だが、万蔵も負けてはいない。

「へっ、独り身なのはそっちだって同じだろうが。お前みてぇな怠けもんの悪たれを息子に持っていなさるおかみさんこそ、気の毒で仕方ねぇや」

「その言葉、そっくり返すぜ。旦那だって御役に付く前は、さんざん悪さをしていたじゃねぇか」

「うるせぇなぁ。たしかに少々悪さはしたけどよ、その頃の付き合いがまだあるから町方の御用だってやりやすいんじゃねぇか。えっ、そうだろうが？」

うそぶく万蔵の見廻りの持ち場は、浜町から日本橋にかけての一帯。おかんと銀次の許《もと》だけでなく実家の美濃屋にも日頃から出入りしており、付き合いは長かった。

銀次のことは、手の付けられない悪ガキだった頃から知っている。

十代の頃の銀次は商いで忙しくしていて構ってくれないおかんに反抗し、手習い塾にも行かないで盛り場を毎日ぶらついていたものである。学問は投げ出しても剣術の道場通いは欠かさず、なまじ腕が立つから手に負えなかった。

そんな銀次に目を光らせ、悪の道に堕《お》ちるのを防いでくれたのが万蔵だった。

万蔵自身も堅物の父親に反発し、二十歳を過ぎて見習い同心になるまで無頼の遊び人を気取っていた時期がある。故に銀次を他人と思えず、盛り場を仕切る地回りどもに取り込まれるのを防ぐ一方で、必要と見なしたときは厳しく叱り付け、時には殴り付けてでも性根を正す労を厭《いと》わなかった。

当時のことを恩義に感じていればこそ、銀次は万蔵に愛想を尽かさない。

付き合いが長いだけに、考えていることもおおよそ分かる。

今日は様子がおかしいことにも、早々に気付いていた。

むやみに口数が増えるのは、誰でも隠し事をしているときにありがちなこと。

本当に言いたいことがあるならサックリ明かせばいいのに、将棋に負けた愚痴を聞いてやっただけで帰してしまっていいものか。

「じゃあな銀公。次はきっちり落とし前を付けてやるぜぇ」

万蔵は凄《すご》んで見せながら土間に降り、雪駄《せった》を履く。

その背に向かって、銀次はさりげなく呼びかけた。

「ほんとに次で間に合うのかい、旦那ぁ」

「何でぇ、もう一番やろうってのか」

「将棋はいいよ。それより俺に頼み事でもあるんじゃないか」

万蔵は黙って歩き出す。

戸口へと向かう背中に、銀次は続けて語りかける。

「遠慮しねぇで言ってくんな。何だろうと貸しにするつもりはねぇよ」

万蔵は立ち止まった。

こちらに背中を向けたまま、おずおずと口を開く。

「ほんとにいいのかい、銀公」

「もとよりそのつもりだよ。お互い昨日今日の付き合いじゃねぇだろ」

「かっちけねぇ」

いつになく弱腰な万蔵だったが、同時に安堵《あんど》してもいる。

そして銀次が頼まれたのは、何とも厄介な仕事であった。

三

場所を変え、銀次は万蔵の話を聞くことにした。

「遠くまでご苦労だったな。俺はひとつきりでいいから、後はみんなで仲良く分けるがいいぜ。ほら銀公、おめーも取んな」

「ああ、ご馳走《ちそう》さん」

若い衆に買って来させた草餅《くさもち》を頬張りながら、二人は自身番屋を後にする。

浜町河岸から東へ少し歩けば、大川に出る。

たゆたう川面を流れ行く花びらは、上流の土手で散った桜。

華のお江戸は春爛漫《らんまん》。吹き寄せる風が心地いい。

行き交う船を横目に、万蔵は思わぬことを銀次に明かした。

「えっ、巨摩屋《こまや》さんが盗みに入られたってっ」

「しーっ、声がでかいぜ、銀の字」

驚く銀次の口を、万蔵はがばっと押さえ込む。

「こいつぁお奉行もまだご存じねぇことなんだ。知ってるのは俺とおめーだけよ」

「うぐっ。そ、そんな大ごとを、むぐ……どうして……」

草餅を飲み下したばかりの胸が苦しい。

「訳あって表沙汰《おもてざた》にゃしたくねぇんだよ。黙って聞きねぇ」

のたうつ銀次の耳元でささやき、万蔵は話を続ける。

打ち明けられたのは、思いがけない盗難事件だった。

被害に遭ったのは、おかんの実家の美濃屋とも付き合いの長い、両替商の巨摩屋。

商人を相手に金融業も営んでいるが、悪く言う者は誰もいない。不当に高い金利を課したり、強引な取り立てをしたりすることなく、商いを営む同士は相身互い、助け合うべしと常々心がけているからだ。

そんな慈悲深い巨摩屋が盗みの被害に遭うとは、考えがたいことである。

しかし、事が起きてしまったのは間違いなかった。

「一体いつのことなんだい、旦那」

「おとついの夜に分かったそうだ。丸一日悩んだ末に俺にだけ、ゆんべこっそり知らせてきたのよ。盗み出されたもんを見つけ出し、表沙汰にしねぇで何とか丸く収めて欲しいって、な」

「そうかい。旦那は信用されてるんだなぁ」

「そういうこった。だから無下にはできねーのよ」

店も人も、日頃の行いが良いほど悪い噂は広まりやすい。陰で不満を抱いていた輩《やから》がここぞとばかりに言いふらし、評判を落としにかかるからだ。

こんなことが発覚すれば、堅実な商いをして守ってきた看板に傷が付き、これまで築いた信用もがた落ちになってしまう。

かくなる上は人知れず、速やかに事を解決するしかあるまい。

日本橋界隈《かいわい》を見廻《みまわ》りの持ち場としている万蔵が、奮起したのも当然だろう。

しかし、これは難しい事件であった。

厳重に鍵《かぎ》の掛かった蔵を破ったのが何者なのか、目星さえ付いていない。

何より問題なのは、消えたのがいわくつきの品であったこと。

「ほんとかよ」

一部始終を聞かされて、銀次は啞然《あぜん》とせずにいられなかった。

驚きながらも、念を押す声を低くするのは忘れない。

「なぁ兄い、こいつぁ悪い冗談じゃねぇのかい」

「馬鹿野郎。冗談で俺様がおめーなんかに頭を下げるはずがねぇだろうが」

答える万蔵も精一杯、声を低める。

周囲に人の気配はなく、大川を行き交う船も絶えていた。それでも小声にせずにいられないのは、深刻すぎる話なればこそだった。

「とにかく他言無用に願うぜぇ、銀公」

急に万蔵の腰が低くなった。

いつものごり押しぶりはどこへやら、ひたすら頼み込もうという姿勢である。

「こんな話が万が一にもお奉行の耳に入《へえ》ったら、失《う》せもんを捜し出す前に巨摩屋さんが取り潰《つぶ》されちまう。そんなことになったら、俺は立つ瀬がねぇんだよ」

「分かったよ兄い。お前さんを無下にはしねぇさ」

「かっちけねぇ。ほんとに恩に着るぜ」

「それにしても、キリシタン絡みの品ってのはどういうこったい。巨摩屋さんじゃ先祖代々、お祖師《そし》さんを熱心に拝んでいなさるはずだ」

「だからよぉ、商いの元手を融通した相手から担保に預かっただけなんだって。それも家宝の観音様としか聞かされていなかったのが、よくよく見たら別物の、しかも御禁制の品だと分かったもんで、びっくり仰天して相手に返そうとした矢先に、蔵ん中から消えちまったってんだ。そういう次第で、こいつぁ盗み出されたに違いねぇって知らせが俺んとこに届いてな……おめーの手を借りるしかなくなったのよ」

「頼ってくれたのは嬉《うれ》しいけどよ、こいつぁ難物だぜ。兄い」

「だからおめーの手を借りてぇんじゃねぇか。こんなこと、岡っ引きどもに知れたら宗門改《しゅうもんあらため》にネタを持ち込まれて、巨摩屋が御用になっちまうよ」

万蔵が深刻になるばかりなのも無理はなかった。

一昨日の夜、蔵から忽然《こつぜん》と消えた預かり物はマリア観音像。

天草《あまくさ》を中心とする一帯の隠れキリシタンが子安《こやす》観音を模して拵《こしら》え、厳しい監視の目を盗んで日夜伏し拝んだ、白磁の像の造りは精巧そのもの。贋金《にせがね》ならば一目で見抜く巨摩屋のあるじの安兵衛《やすべえ》が、正体を看破できないほどだった。

しかも、盗まれた像の台座は純金であるという。

「ほんとかよ。実は銀流しなんじゃねぇのかい」

「馬鹿野郎、目利きしなすったのは巨摩屋の安兵衛さんだぜ。像はともかく台座だけでも担保に不足はあるめぇと、なまじ見込んだのが裏目に出て、こんなことになっちまったのよ……」

茶々を入れた銀次を叱りながらも、万蔵の表情は暗かった。

無理もあるまい。

盗んだ者が無知であれば、像はそのまま売りに出される。

手に入れた故買屋がいわくつきの品だと分かった上で密《ひそ》かに処分してくれればまだいいが、知識が無ければ右から左に流れ、ちょっと珍しい観音像として町中の古道具屋に陳列されかねない。

江戸や大坂でも、キリシタンは厳しく取り締まられている。

もしも宗門改の役人の目に留まれば、万事休すだ。

何とかしなくてはなるまいが、町奉行所に被害届を出させれば即座に巨摩屋は罪に問われてしまうし、かと言って取り戻さずに放っておいたところで、盗んだ輩が換金するときに下手を打てば元も子もない。芋づる式に暴かれ、どうしてすぐに届け出なかったのかと責め立てられて、かえって重い罪を科せられてしまうことだろう。

「おいおい、それじゃ八方塞《はっぽうふさ》がりじゃないか」

事態を聞かされ、銀次も困惑。

万蔵は、続けてぼやかずにいられなかった。

「ったく、升屋《ますや》も升屋だ。とんでもねぇ代物を持ち込みやがって」

マリア観音を代々の家宝と称して巨摩屋に預けたのは升屋寺平《じへい》。同じ日本橋の両替商だが、このところ商いが芳しくないらしいと専らの噂であった。

「う〜ん」

「う〜ん」

たゆたう大川を前にして、万蔵と銀次は頭を抱える。

いつまでも悩んでばかりはいられない。

「なぁ旦那《だんな》、まさか升屋がキリシタンだってんじゃあるめぇな」

「いや、そいつぁ違うな」

銀次の疑問を、万蔵は即座に打ち消した。

「升屋の寺平なら、俺が真っ先に問い詰めたよ」

「ほんとかい」

「ああ。巨摩屋の安兵衛さんを信用しないってわけじゃねぇが、間違いだったと後で分かったらそれこそ大ごとだからな。厳しく詮議《せんぎ》させてもらった」

「で、升屋は何と答えたんだ」

「それが珍しい観音様が手に入ったもんで担保にしたの一点張りでな。背中の隠しにロザリオがあることも、手許《てもと》にあるときは気が付かずじまいだったってんだ」

「ろざりおってのは何なんだい」

「キリシタンが崇《あが》めるキリストを象《かたど》った、数珠《じゅず》みてぇなもんのことさ」

「へぇ、お数珠ってのはどこにでもあるんだなぁ」

「妙なことに感心してる場合じゃねぇだろ、銀公」

「すまねぇ。知らねぇことはすぐに確かめないと気が済まない性分なんでな」

「ちっ、ずぼらなくせにそういうとこはガキの頃からきっちりしてるよなぁ」

「まぁまぁ旦那、話を戻してくれよ。今まで聞かせてもらったところによると、升屋はキリシタンってわけじゃないんだな」

「ああ。背に腹は替えられないって言うけどよ、本物の信徒だったら畏《おそ》れ多くて金を借りる担保になんかできやしねぇさ。それに寺平を問い詰めたら、実のところは代々の家宝でも何でもなくて、融通した金の返済が滞ってなさる九州のお大名から、利子の代わりに押し付けられた代物だそうだ。たしかに珍しいもんだし、台座が金無垢《むく》と来たら銭になるのは間違いねぇんで、こいつぁ担保に使えると思ったらしい」

「御禁制のもんとは知らなかったってのか……旦那、ほんとにそうなのかい」

「ああ。この俺に問い詰められて、知らぬ存ぜぬで通したんだ。まさか白《しら》を切っちゃいるめぇよ」

「成る程。升屋も災難に巻き込まれた口ってことかい」

「そういうこった。事が明るみに出たら、みんな不幸せになっちまう……俺はそいつを防ぎてぇのよ」

万蔵としても、表沙汰《おもてざた》にしたくないのは当然だった。見廻《みまわ》りの持ち場で事件が起きれば、担当の自分も管理不行き届きを責められるからである。しかもキリシタン絡みとあっては万蔵自身はもとより、町奉行まで御役御免にされかねない。

そんな結末は、何としても防ぎたい。

しかし、決して表沙汰にはできない。

廻方同心としての人脈が使えぬ以上、頼みの綱は銀次だけだった。

「頼むぜ、この通りだ」

万蔵はぺこりと頭を下げた。

将棋に勝っていれば、もう少し強気に出られただろう。

だが、今は平身低頭するばかり。

「なぁ銀公、何とか引き受けてくれねぇか」

「とにかく頭を上げてくんな」

万蔵の体を起こしながら、銀次は静かに問いかけた。

「なぁ旦那、どうしてそこまで巨摩屋さんに肩入れするんだい」

「そりゃおめー、御役御免にゃなりたくないからさ。俺はもちろん、お奉行の首まで挿《す》げ替えられる羽目になったら、申し訳が立たねぇだろうが」

「ふーん……怪しいもんだな」

「な、何でぇ」

万蔵が狼狽《ろうばい》した声を上げる。

「おめー、俺を疑ってやがるのか」

「そりゃそうさ」

動揺するのに構わず、銀次は続けて問いかけた。

「いつもの旦那なら四の五の言わず手を打って、とっとと片ぁ付けるはずだ。今度に限って、どうして二の足を踏んでるのか、そこが解せねぇんだ」

「そ、そいつぁ事が事だからよ」

「だったら俺じゃなくて上役に相談すりゃいいじゃねぇか。巨摩屋さんほどのお店を潰《つぶ》したくねぇのは、筆頭同心や与力の旦那衆にとっても同じだろうし、お奉行だってそのはずだぜ。何も旦那が抱え込むこたぁあるめぇ……どうして独りで片付けることにこだわってんだい」

万蔵は答えられない。

口を閉ざして、バツが悪そうに下を向く。

「はは—ん、そういうことかい」

黙り込んだのを見返して、にやりと銀次が微笑んだ。

「旦那の目当ては巨摩屋さんに奉公している、別嬪《べっぴん》の女中だろ。たしか美人画の絵手本に選ばれたこともあったっけ……そうだ、名前はしずさんだったな」

「お、おしずだぁ？　そ、そんな女なんざ知らねぇよ」

「へっへっへっ、とぼけたところでもう遅いぜ」

鼻の下を伸ばして銀次は言った。

「噂なら聞いてるぜぇ。非番のときも巨摩屋さんにだけは出入りしてるそうじゃねぇか。やけに御用熱心なこったと思っていたけど、おしずさんが目当てだったとなりゃ得心できるってもんだぜぇ。へっへっへっへっ」

「な、何がおかしいんでぇっ」

負けじと万蔵が目を剝《む》いた。

「同心が女に惚《ほ》れちゃいけねぇってのかい。役人だって人の子だぜっ」

「それにしたってお前さん、年の差ってもんがあるだろう」

「何が言いてぇんだ、銀公」

「おしずさんは娘十八。旦那のちょうど半分なのだぜ」

「年が明けたら十九じゃねぇか。嫁に行ってもおかしくあるめぇ」

「馬鹿だなぁ。そのときは旦那だって一つ年を取ってるだろうが」

「だ、だったら悪いかっ」

怒鳴る万蔵の顔はもう真っ赤。

「お、俺は本気なのだぜ。あのおしずさんなら嫁に迎えても申し分ないって、母上も承知の上なんでぇ」

とんだ赤っ恥だった。

こんなやり取りを知り合いに聞かれたら、目も当てられまい。

「しーっ、声がでかいよ」

宥《なだ》めながら銀次は言った。

「いいさ、引き受けようじゃねぇか」

「えっ……」

「仕方ないだろ。面倒臭《くせ》えが、千田の兄いの恋路を成就させるためだってんなら、話は別だ。どんなに難しいこったろうと、キッチリ片ぁ付けてやるさね」

唖然《あぜん》と見返す万蔵に、銀次はにやりと笑って見せた。

「まだ俺のことを兄貴分と思っててくれたのかい」

「へへっ、当たり前だろ」

気のいい顔で銀次は微笑む。

「すまねぇ。恩に着るぜ、銀公」

万蔵は深々と頭を下げる。将棋に負けたときには決して見せない、殊勝そのものの振る舞いであった。

四

翌日早々、銀次は日本橋に赴いた。

事情を聞かせることなく同行させた、達吉も一緒である。

「何ですか銀次さん、私は長屋の肥汲《こえく》みに立ち会わないと」

「いいからいいから、そんな臭え役目はほっとけよ」

「それじゃおかみさんに叱られます」

「いいんだよ。おっかさんの許しは貰《もら》ってあるし、今日は一日《いちんち》俺に付き合いな」

戸惑う達吉の腕を取り、銀次はぐんぐん引っ張っていく。

何も勝手に連れ出すわけではない。

あれから銀次は万蔵をおかんの許《もと》に連れて行き、一部始終を明かさせた。そして母親の了承の下、銀次と万蔵がそれぞれ手分けして調べを付け、事の真相を明らかにしようという運びになったのだ。

巨摩屋に降って湧いた災難は、他人事《ひとごと》とは違う。

知らなかったこととはいえ禁制品を手許に預かり、しかも盗み出されてしまったと露見すれば罪に問われるのは必定。何としても取り戻さねば、隣近所で付き合いのあるすべての店に累が及びかねない。かくなる上は、手を貸すより他にあるまい――。

おかんならば左様に判じ、すべてを任せてくれると銀次は見込んだのだ。

江戸に限らず同じ町で店を構え、商いを営む仲間は一蓮托生《いちれんたくしょう》。互いに失態を犯さぬように注意し合い、いざというときは助け合う。おかんが一人息子の銀次に揉《も》め事を収める役目を任せているのも、そんな考え故のことだった。

もともと手の付けられない悪ガキだった銀次だけに、放っておけば何をしでかすか分かったものではなかったし、なまじ剣の腕が立つから始末が悪い。

そこで、おかんは考えた。

どのみち暴れるのなら、人を助けるために力を振るわせればいい。

幸い銀次は弱い者いじめはせず、強い相手を打ち倒すことに燃える質《たち》。悪党退治をしてもらうには、うってつけの人材である。

かくして今に至った銀次だが、苦手なことも数多い。

一番の問題は、細かい調べ事がまるっきり不得手なところ。

なればこそ、達吉を連れ出したのだ。

探し物をするときにはまず、無くした場所を徹底して調べるべきだ。

となれば、几帳面《きちょうめん》な達吉に任せぬ手はあるまい。

万蔵はあらかじめ、巨摩屋に話を通してくれていた。

「いいんですか銀次さん、ろくにご挨拶《あいさつ》もしないで」

「話は後だ、とっとと入りな」

蔵の中で二人きりになったところで、銀次は達吉に事情を明かした。

驚かれると思いきや、達吉は冷静だった。

「成る程、そういう次第で裏口から入り込んだんですか」

「びっくりしねぇのかい、たっちゃん」

「ええ。いちいち驚いてたら奉公なんてできませんからね。どこのお店にだって人に言えないことのひとつやふたつ、必ずあるもんですよ」

「それじゃお前さん、黙っててくれるんだな」

「当たり前でしょ。巨摩屋さんには町のみんなもお世話になってるんですし、お取り潰《つぶ》しになんかさせやしません」

「かっちけねぇ、たっちゃん」

「心得ました」

意外なところで、達吉は肝が据わっていた。

時には鬱陶《うっとう》しくなる几帳面さも、こういうときは役に立つ。

おおざっぱな銀次に代わって蔵の内部を丹念に調べ、店の奉公人たちへの聞き込みまでしてくれたのだ。

あるじの安兵衛にも、達吉は臆《おく》せず話を聞いた。

「目利きをなさった後は桐の箱に入れて、お手ずから蔵に収めなすった。お間違いはございませんね」

「はい。その通りです」

安兵衛は出来た男だった。

いかつい顔付きで相撲取りを思わせるほど肥えているが、物腰は柔らかい。達吉を若造と侮ることなく、問われたことにきちんと答えてくれた。

あるじが立派ならば、奉公人も自《おの》ずと見習うものだ。

巨摩屋で働く人々は、みんな折り目正しい。

女中のおしずも、例外ではなかった。

見目形が美しい上に教養も申し分なく、跡継ぎのいない安兵衛が養女に迎えたいと望むほど、出来がいい。

さすがの達吉も、彼女に質問するときばかりは照れくさげ。

「たっちゃん、どうした、顔が赤いぜ」

「黙っててくださいよ、銀次さん」

横でからかうのを追い払い、改めて当人と向き合う。

銀次が席を外すのを待って、おしずはしとやかに頭を下げた。新品の櫛も美しい。

「よろしくお願いいたします、番頭さん」

「えっ」

「銀次さんからうかがいました。達吉さんはまだお若いのに番頭に取り立てられ、おかんさまをしっかり支えておられるとか。ご立派なのですね」

「そそそ、そんなことは、あ、ありませんよ」

「まぁ、ご謙遜《けんそん》を」

おしずは微笑む様も慎《つつ》まし気。

さすがは浮世絵の絵手本に選ばれただけのことはある。

目鼻立ちが整っているというだけでは、絵師の目には留まらない。慎ましくも艶《つや》っぽい、おしずの一挙一動に達吉はもう釘《くぎ》づけ。

何とか質問だけは終えたものの、昂《たか》ぶりを抑えるのに懸命だった。

そんな達吉の悪戦苦闘ぶりを、銀次はしっかり盗み見ていた。

(へっ、まんざら朴念仁《ぼくねんじん》ってわけでもねぇんだな)

微笑みながらも油断はしていない。

達吉が聞き込みをしている間も遊んでおらず、手がかりを求めていた。

おしずを含め、今のところ怪しい様子は無い。

念には念をと安兵衛に断りを入れ、達吉と手分けして奉公人全員の私物まで調べたものの、何ひとつ手がかりなど出てこなかった。

新たに分かったのは日頃は厳格な番頭までおしずに懸想しており、私物入れの行李《こうり》から彼女を描いた浮世絵がどっさり、おまけに渡せずじまいで隠してあった恋文まで出てきた。

銀次から見れば笑い種《ぐさ》でも、当の番頭にとっては命取り。

なまじ日頃は威張っているだけに、必死だった。

「ど、どうか皆には黙っていてくださいまし、銀次さんっ」

「別に恥ずかしいことはあるめぇ。このへったくそな恋文、何なら俺からおしずさんに渡してやろうか」

「ご、ご勘弁を」

「ははは、だったら丁稚《でっち》たちにちっとは優しくしてやんな。うちの屋台に買い食いをしに来るのも、大目に見てやってくれよ」

堅物の番頭をからかうのもそこそこに、銀次は達吉と合流した。

「女中さんたちはすんなり調べさせてくれたかい、たっちゃん」

「はい、おしずさんが音頭を取ってくれましたので滞りなく」

「そうかい、別嬪《べっぴん》は何事にもそつがないんだな」

「はい」

「どうした、さっきより顔が赤いじゃねぇか」

「いえ……その……」

「何だってんだい。誰もいねぇんだから、はっきり言いなよ」

「あの……おしずさんの腰巻を……見てしまいました」

「おいおい、そこまで調べろとは言ってねぇぜ」

「いえ、どうぞご覧になってくださいましと、行李の蓋《ふた》を開けてくれて」

「へぇえ、そいつぁ役得だったなぁ」

「は、はい」

「で、何色だったんだい」

「はい……ぜんぶ白……でした」

「そうかい、やっぱり清楚《せいそ》なもんだなぁ。近頃は素人女でも赤い蹴出《けだ》しを好んで着けたがるってぇのに、さすがは巨摩屋のおしずさん。そこらの町娘とは違うぜ」

「いいんですか銀次さん、そんなことをお美弥さまや桃代姐《ねえ》さんが聞いたら」

「へっ、あいつらのことなんか、最初《はな》っから女と見ちゃいねーよ」

「ひどいなぁ。いつもながら、キツい物言いですねぇ」

「あの二人は押しが強すぎるんだよ。おしずさんでも見習って、もうちっと控えめに振る舞ってくれりゃ、俺だって愛想のひとつぐらい言ってやるさね」

「はぁ」

「それよりたっちゃん、蔵に戻るぜ」

「えっ、それならとっくに」

「さっき見たのは中の様子だけだろ。まだ壁と天井が残ってるぜ」

「まさか、そんなところから」

「そのまさかってのをやってのけるのが盗《ぬす》っ人《と》なんだよ。さ、日のあるうちにぜんぶ調べを付けちまおうぜ」

銀次は先に立ち、庭に降り立つ。

「さーて、一気に片ぁ付けるとするかい」

袖《そで》をまくって、銀次はやる気十分。

しかし、とことん調べても不審な点は見出《みいだ》せなかった。

「はぁ、はぁ」

「大丈夫かい、たっちゃん」

「すみません。ちょっと休ませてください」

埃《ほこり》だらけになった顔で、達吉はぐったり。

「そうだなぁ。ちょいと俺も一息入れるわ」

さすがの銀次も、天井裏から屋根の上まで調べ回って疲労困憊《こんぱい》の様子だった。

壁にも屋根にも破られた跡など無い以上、何者かが錠前の鍵《かぎ》を盗み、桐の箱だけ残してマリア観音の像を持ち出したと見なすより他にあるまい。

しかし鍵の保管場所を知っているのは、あるじの安兵衛と番頭のみ。

奉公人が預かることもあるらしいが、蔵に立ち入ることができるのは、用事を言い付けられたときに限られる。

もちろん安兵衛も番頭も、像を持ち出せと命じてはいない。

果たして、何者の仕業なのか——。


暮れ行く空の下、銀次と達吉は家路に就く。

「ご苦労だったな、たっちゃん」

「いえいえ、全然平気ですよ」

銀次の労《ねぎら》いに、達吉は笑顔で答える。

先ほどまでぐったりしていたと思えぬほど快活なのは、おしずが水を汲《く》んできて顔まで拭《ふ》いてくれたおかげだった。

もちろん、鼻の下ばかり伸ばしてはいない。

調べを付けたすべての点を、達吉は帳面に記してきた。

「戻ったらきっちり清書して、銀次さんにお渡しします」

「手数をかけてすまねぇなぁ」

「こんなこと、お安いご用です」

「へっ、やっぱりお前さんは商人に向いてるな」

「だったらおかみさんに口利きして、前のお店に戻してくれますか」

「おいおい、そいつぁ無理な相談だぜ」

「どうしてですか」

「だってそうだろうが。たっちゃんに居なくなられたら、誰が長屋の店賃《たなちん》の取り立てをしてくれるんだい」

「そんな、もともと銀次さんのお役目だったはずじゃないですか」

「だから俺じゃ務まらねぇから、おっかさんが叔父貴《おじき》に頼んでよ、たっちゃんをわざわざ寄越《よこ》してもらったんじゃねぇか。今さらどうしろってんだい。頭のいいお前さんならすぐに分かるはずだぜ」

「はぁ」

「腐るな腐るな。作さんの屋台でたらふく食わしてやるよ」

「あのー、天ぷらは苦手なんですが」

「いつまでも好き嫌いはよくねぇぜ。少しずついいから慣らしていこうや」

銀次は達吉をぐいぐい引っ張っていく。

治作の屋台は浜町河岸で今日も大繁盛。老若男女の客が群がり、笑顔で天ぷらを頬張っている。

近頃は博奕《ばくち》仲間とも手を切って、治作の働きぶりは勤勉そのもの。商い一筋に精を出していた。

「やってるなぁ、作さん」

「よぉ、銀の字かい」

「たっちゃんも一緒だぜ」

「へっ、そっちの顔ぁ見たくなかったな」

「そう言わずに、美味《うめ》えのをちょいと揚げてやってくんな」

「仕方ねぇなぁ」

群がる客をさばきながら、治作は達吉に問いかけた。

「お前さん、野菜なら食えるんだろ」

「は、はい」

「大葉は好きかい」

「ええ。刻んで薬味にすると美味《おい》しいですよね」

「だったら、天ぷらは食ったことあるかい」

「天ぷら……ですか」

「今日は無料《ただ》にしといてやっから、ちょいと待ってな」

と、治作は脇に置かれた籠《かご》に手を伸ばす。

取り出したのは、緑も艶《つや》やかな大葉の束。

一枚ずつばらして拡げ、ざっと水で洗ってヘタを持つ。

まずは裏、続いて表に薄く小麦粉の衣を着ける。

銀次と達吉の見守る中、治作は油の中に大葉を滑り込ませた。

しゃーっと軽やかな音が上がった。

「へぇぇ」

感嘆の声を上げる達吉を、銀次は笑顔で見守っていた。

一方、治作の表情は真剣そのもの。

膨れてきたのをひっくり返し、頃合いを見て取り出す。

油を切って器に取り、ざっと粗塩を振る。

「ほい、お待ち」

「あ、ありがとうございます」

「天ぷらは熱いのが値打ちだぜ。とっとと食いねぇ」

「は、はいっ」

促されるままにかぶりつくや、達吉の表情が一変する。

口の中一杯に拡がる香ばしさと、さくさくした歯触りがたまらない。

「ほい、もう一枚」

続けざまに供されるのを、達吉は夢中で頬張った。

おかんが仕切る屋台では、すべて良質のごま油を用いている。

達吉が天ぷら嫌いになった原因である、古くなった油は一切使っていない。

そうと分かっていても今まで口にせずにいたのは酷《ひど》く腹を下した、苦い思い出ゆえのことだった。油に劣らず傷んでいた、ネタの生臭さまで連想されるからだ。

しかし、治作の精進揚げは別物。

香ばしさと歯触りを楽しむ、治作の顔には満面の笑み。

見ているうちに、銀次も欲しくなったらしい。

「俺にも揚げてくれよぉ、作さん」

「うるせぇなぁ、黙って待ってろい」

せがまれても、治作は意に介さない。

無愛想に振る舞いながらも、達吉のために大葉を揚げてやるのに熱中していた。

五

巨摩屋の蔵から消えたのがマリア観音の像と知っているのは、おかんと達吉、治作ら天ぷら長屋の面々のみ。

おかんと達吉には商いがあるので、調べに動くのは治作たちということになる。

むろん、銀次も任せきりにはしておかない。

今日も早起きして朝餉《あさげ》を済ませ、鉄刀を引っ提げて土間に立つ。

「行ってくるぜ、おっかさん」

「しっかりやんなよ。ほら、ちょいとお待ちな」

おかんは火打ち石を取り、息子の肩に切り火を掛けてやる。

お江戸は今日も日本晴れ。

雲ひとつなく晴れ渡った空の下、表に出た銀次は飄然《ひょうぜん》と歩を進める。

ちょうど万蔵も、浜町を見廻《みまわ》っているところだった。

岡っ引きを伴うことなく、独りで通りを歩いている。

さりげなく銀次は近付き、小声で呼びかける。

「今日も独りでお見廻りかい」

「岡っ引きなら、人形町で待たせてあるよ」

「成る程な。念には念をってことかい」

「そういうこった。おめーも気を付けてくれよ」

「分かってるよ。たっちゃんも作さんたちも、抜かりはないさ」

「しっかり頼むぜぇ、銀公。俺は俺で、調べを進めておくからな」

そっと銀次の肩を叩《たた》き、万蔵は去っていく。

「さーて、俺も行くとしようかね」

ひとりごち、銀次が向かった先は浅草橋。

懐中にはおかんから預かった、小判入りの巾着《きんちゃく》がある。

界隈《かいわい》に多い古道具屋を一軒ずつ見て廻り、もしもマリア観音像が売りに出ていれば買い取って、速やかに回収するつもりであった。

天ぷら屋の面々も、市中のあちこちで商いをしながら聞き込みを進めていた。

その中で治作だけが浜町河岸から動けぬのは、客の多さ故のこと。

(あーあ、人気者は辛《つら》いぜぇ)

先だっての事件の調べで目と鼻の先の両国に移動したときでさえ、常連の客からは不満が続出したものだ。

そんな評判など意に介さず、他所《よそ》に店を出すこともできなくはなかった。

しかし、強いて移動すれば怪しまれ、十分儲《もう》かっているはずなのにどうして常とは違う場所に店を出さねばならぬのかと、疑いを掛けられかねない。

ならばいつもの場所で耳目を澄ませて、手がかりが向こうから舞い込んでくるのを待ったほうがいい——。

治作は左様に考え、銀次の了解を得た上で、今日も商いに励んでいた。

忙しく天ぷらを揚げながらも油断なく、周囲に目を配るのは怠らない。

(マリア観音かい。噂にゃ聞いたことがあるけど、一体どんなお顔をしていなさるのかね)

そんなことを考えているところに、

「じさーくさん」

やって来たのは美弥《みや》だった。

「よぉ、お美弥ちゃん。今日も可愛いねぇ」

「ふん、おためごかしなんかいらないよっ」

お愛想など意に介さず、ぷりぷりしながら美弥は言った。

「みんなして銀さまをどこに隠したのさ、ねぇ」

「おいおい、藪《やぶ》から棒に何だってんだい」

「おかみさんも達吉さんも知らぬ存ぜぬの一点張りなのよ」

「そうなのかい」

「とぼけないでよ治作さん、何か知ってるんじゃないの」

「馬鹿をお言いでないよ。俺ぁ毎日、ここで天ぷらを揚げてるだけさね」

「嘘っ、こないだは両国に河岸を替えてたじゃないのさ」

「あんときは、ちょいと知り合いから頼まれただけで」

「ほんとは銀さまの頼みなんでしょっ、あたしは知ってるんだから」

「我が儘《まま》ばかり言うんじゃねぇ。銀の字は人助けで動いてるのだぜ」

「だったらあたしも助けてちょうだいな。この切ない気持ちを、いつまで放っとくつもりなのさっ」

「困ったなぁ、そんなことは銀の字に直《じか》に言ってくれねぇと」

「だから会わせておくれってのっ。今すぐ連れて来てよ、もう」

詰め寄る勢いに治作もたじたじ。

そこに艶《つや》のある声が聞こえてきた。

「おや、誰かと思えば、銀ちゃんに懸想してる小娘じゃないか。昼日中っから往来でわーわーわーわーうるさいねぇ」

色っぽくも険を含んだ声の主は桃代《ももよ》だった。

三味線の稽古《けいこ》の帰りと見えて、吉原芸者の装いはしていない。

「何さ、あんた」

じろりと見返す美弥は、相手の素性をもとより承知。華の吉原で指折りの人気芸者と分かっていながら、鋭い視線を向けて離さずにいる。

むろん、そんな威嚇に動じる桃代ではない。

「ふん、お前さんこそ何だってんだい。子供じゃあるまいに銀ちゃんに毎日ちょろちょろちょろちょろ付きまといやがって、いい加減目障りだってんだよ」

「うわっ、おっかねぇ」

ドスを利かせた物言いに、治作は思わず身震いする。

しかし、美弥は引き下がろうとしなかった。

「ふん、何さ」

退くどころか前に出て、上背のある桃代と向き合う。

「小娘だからどうしたってんだい、おばさん」

「お、おばさんっ」

思わず桃代がうろたえる。

二十歳を過ぎれば年増《としま》と呼ばれる習いとはいえ、日頃はちやほやされる身だ。陰で何と呼ばれているのかはともかく、表立って罵倒《ばとう》された覚えは久しくなかった。

狼狽《ろうばい》した桃代に、美弥はにやにやしながら詰め寄る。

小柄な体が大きく見えるのも、強気になっていればこそだった。

「だってそうだろう。あたしと銀さまは幼馴染《おさななじ》みで、それこそ子供の頃から仲良くしてきた間柄なんだよ。あんたなんか年上じゃないか」

「てやんでぇ、一つ上の女房は金《かね》のわらじを履いてでも探せって言うのを知らないのかい」

「うるさいねぇ、ぽっと出の年増なんかに文句を言われる覚えはないんだよっ」

「何さ」

「きーっ」

一触即発の二人を前にして、治作はおろおろするばかり。下手に割って入れば、天ぷら鍋《なべ》を引っくり返されかねない。

つかみ合いを止めたのは、屋台に居合わせた客の一声だった。

「見苦しいぞ、おぬしたち」

「うるさいねぇ、余計なことを」

文句を言いかけた桃代がハッとする。

美弥も振り上げた手を止めたまま、おちょぼ口をあんぐりさせている。

それほど美形の侍だった。

江戸に着いたばかりらしく、埃《ほこり》をかぶった旅姿。

よほど長旅をしてきたと見えて、動きやすく裾《すそ》の割れた打裂羽織《ぶっさきばおり》も細身に仕立てた野袴《のばかま》もすっかり煤《すす》け、日除けを兼ねた菅笠《すげがさ》にも破れが目立つ。

その破れ目から、侍は二人に視線を向けていた。

きりっとした目鼻立ちで、日に焼けた様も凛々《りり》しい。

それでいて、身にまとう雰囲気は高貴そのもの。

瑠璃《るり》を思わせる瞳《ひとみ》に射すくめられ、女たちは声も無かった。

侍は声も凛々しかった。

「こちらは久しぶりの馳走《ちそう》を堪能《たんのう》しておるのだ。静かにしてもらえぬか」

若いながらも貫禄《かんろく》十分。

それでいて、どこか甘い響きなのもたまらない。

「相すみません、お武家さま」

先に謝ったのは桃代。

負けじと美弥も後に続く。

「お食事中とも存じ上げずに失礼しました。どうかお許しくださいまし」

「そこまで大袈裟《おおげさ》に申さずとも良い……」

苦笑しながら、侍は最後の一串《くし》を食べ終えた。

「お代なら結構ですよ。こちらに持たせてくださいまし」

「亭主、幾らだ」

「いいえ、あたしが」

桃代と美弥が競って告げた。

しかし、侍は取り合わない。

食べた串を治作が数えるより早く、ひとつかみの銅銭を手渡す。

「江戸前の魚介、なかなかに美味であったぞ」

「お、恐れ入りやす」

勘定きっちりの銭を受け取り、治作はぺこりと頭を下げた。

「何者だろうね、あのお武家さま」

「きれいな人ねぇ」

颯爽《さっそう》と去りゆく背中を見送りながら、桃代と美弥はうっとりするばかり。

見惚《みと》れながらも、後を追おうとまではしなかった。

「駄目、駄目。こちとら銀ちゃん一筋なんだから」

「何言ってんの、あたしだって銀さましか眼中にないんだよ」

「なんだいお前さん、あのお侍にポーッとしてたくせに」

「あんたこそ何さっ、年増ばばあ」

「うるさいねぇ、しょんべん臭い小娘が」

「あーあ、また始まっちまったい」

再び始まる諍《いさか》いに、治作は大弱り。

屋台に集まる常連は、そんなことなど気にしない。

「おっ、またやってるな……親爺《おやじ》ぃ、はまぐりを揚げてくんな」

「こっちは小柱だ。やれやれー、あははは」

つかみ合う様を可笑《おか》しげに見物しながら注文するのも、みんな慣れたもの。銀次を巡る女二人の諍いは、浜町河岸の名物となって久しかった。

「この年増っ」

「やったね、小娘っ」

「何さ」

「きっ」

逆上した美弥の爪が、桃代の頬をざくりと捉《とら》える。

治作が止めても無駄だった。

「あのー姐《ねえ》さん、きれいなお顔もそんなに手酷《てひど》く引っかかれちまったら、白粉《おしろい》を少々厚めに塗ったところでごまかし切れないんじゃありませんかい」

「うるさいっ」

「やれやれ。どうなっても知りませんぜぇ」

溜《た》め息をひとつ吐き、治作は天ぷらを揚げるのに集中する。

今日のつかみ合いは美弥が優勢だった。

「このこのこのっ」

「お止め、髷《まげ》が崩れるじゃないかっ」

「きゃはは、いい気味だ。そのまんまお座敷に出たらいいさね」

女の戦いは恐ろしい。

この場にいない銀次をよそに、つかみ合いはいつ果てるともなく続くのだった。

六

「あーあ、とんだ無駄足を踏んじまったぜ」

両国橋の袂《たもと》に立ち、銀次は暮れなずむ空を見上げる。

一日がかりの調べは、空振りに終わってしまった。浅草橋界隈《かいわい》の古道具屋にマリア観音の像が出回っている様子は無く、売ろうとして立ち寄った者の形跡さえ、見出《みいだ》すことはできなかったのだ。

「仕方あるめぇ。明日《あした》は芝の辺りまで足を延ばしてみるとしようかい」

ひとりごちながら、銀次は大川端に降り立った。

頭を冷やしたいときは、川風に吹かれるに限る。

「ふぅ」

千本杭《ぐい》の前に立ち、銀次は大きく深呼吸。

埃っぽい店々を訪ねて廻《まわ》り、疲れた頭がスッとする。

きらめきながら夕陽が沈み行く様も、今日は格別だ。

「あー、いい心持ちだぜぇ」
伸びをしながら銀次は微笑む。
殺気を感じたのは夕陽の残影が消え、辺りが暗くなった刹那《せつな》のこと。
気を抜いている隙を突き、間合いを詰めてきたのは旅姿の侍だった。
「誰でぇっ」
告げると同時に、サッと銀次は身を翻す。
問答無用で抜刀し、侍が見舞ってきたのは鋭い突き。
十分に腰の入った、鋭くも重たい一撃であった。
鉄刀を抜き合わせれば、並の刀など打ち払うのは容易《たやす》いことだ。
しかし、敵の動きは速かった。
銀次に鞘《さや》を払う余裕を与えず、続けざまに突きを浴びせてくる。
(この野郎、やるじゃねぇか)
追い込まれながら、銀次は思わず感心した。
こちらが抜き打ちざまに一撃喰《く》らわせれば、大抵の相手は立っていられない。当人は
もちろん手にした武器まで粉砕され、反撃できなくなってしまう。
しかし機敏な体のさばきを活《い》かし、速攻で仕掛けてこられては反撃も難しい。

鞘の中身が鉄刀であることまでは、敵も見抜けていない様子だった。

その証拠に、銀次の左側面を盛んに狙ってくる。

刀剣は長ければ長いほど、鞘を引くために左半身を使うからだ。

長短に拘《かか》わらず、鞘引きは鯉口を握った手だけでは為《な》し得ない。腕を含めた半身を余さず使って引き絞ることにより、迅速かつ確実な抜刀が可能となる。

まして、銀次の得物の外装は二尺に近い大脇差。

並の脇差ならば柄を握った右手を動かすだけで容易く抜けるが、これほどの長さとなれば左半身の動きが不可欠。敵がそう見なしたのも無理はない。

(さーて、そろそろ切り返させてもらうとしようかね)

ふっと銀次は微笑んだ。

「うぬっ」

侮られたと見なしたか、敵が怒りの声を上げる。

踏み込みざまに突いてきた一刀を、カーンと銀次は弾《はじ》き返した。

抜くことなく、鞘に納めたまま鉄刀を振るったのだ。

銀次は腰間から抜き取ることさえしなかった。

鍔元《つばもと》を左手、柄を右手で握って旋回させ、迫る敵の刃を的確に捉えていた。

鉄輪で固めた鞘は頑丈そのもの。

なまくらで斬り付ければ逆に砕けてしまうほどだが、その侍の刀は傷付くまでには至らなかった。

「おのれ」

「へっへー、驚いたかい」

間合いを取って歯嚙《はが》みするのを、銀次は笑って見返した。

むろん、相手を侮ってはいない。

続いて口から衝《つ》いて出たのも、素直な賞賛の言葉だった。

「お前さん、強いなぁ」

「何っ」

「俺をここまで追い込んだのは、お前さんが初めてだ。惚れぼれするぜぇ」

「た、たわけたことを申すでないっ」

「ふざけてなんかいねーよ。大したもんだって言ってんのさ」

銀次はにやりと笑いかける。

「お前さん、腹が空《す》いちゃいねーかい」

相手も夜目が利くはずと見なして取った、友好の態度だった。

夜が更けても、屋台に群がる客は絶えない。

日中に多いのは河岸で働く人足衆だが、日が暮れて集まってくるのは界隈の商家で働く、住み込みの奉公人たちである。

その夜も治作は立ちっぱなしで、休む間もなくネタを揚げていた。

「天ぷら屋さん、いかを五本くださいな」

「へい、ただいま」

「頼んだのはこっちが先ですよ。はまぐり三本、早く早く」

「分かってまさぁ。ちょいとお待ちを」

みんな店のあるじや番頭の目を盗み、こっそり買いに来ているのでせわしない。

屋台の商いに慣れて久しい治作といえども、さばくのには手間がかかる。

銀次が連れを伴って現れたのも、すぐには気が付かなかった。

「忙しそうだなぁ、作さん」

「銀の字かい、夜食なら後で揚げてやっから、ちょいと待ちねぇ」

顔も上げずに答えた刹那、怪訝《けげん》そうに顔を上げる。

「あっ、昼間のお侍」

「何だ作さん、知ってんのかい」

「知ってるも何も、昼間にお出《い》でなすったお客さんだよ」

「よく覚えていたもんだなぁ」

「そりゃそうさ。うるさい女どもを一声で黙らせなすったんだから」

「女どもってのは、桃代とお美弥坊のことかい」

「ああ。常の如くと言いてぇとこだが、今日はとりわけ酷《ひど》かったぜ。その騒ぎを一時《いっとき》とはいえ鎮めてくれたんだから、大したお人が居るもんだと感心したのよ」

「そうだったのかい。毎度のこったがすまねぇなぁ、作さん」

治作に詫《わ》びると、銀次は侍に向き直った。

「お前さん、あの二人と顔を合わせなすったのかい」

「うむ。まさかおぬしの知り人とは思わなんだが、余りにも姦《かしま》しいので注意をさせてもろうた」

「面目ねぇ。恥ずかしいとこを見せちまったらしいなぁ」

「構わぬよ。過ぎたことだ」

微笑みながらも、侍は問うてきた。

「江戸ではいつも、あのように女たちが相争うておるのか」

「おいおい、待ってくれよ」

銀次は慌てた声を上げる。

そんな誤解をされたままで国許《くにもと》に帰してしまえば、江戸の名折れだ。

「何もみんながみんな、あんな無茶苦茶なわけじゃないよ。この界隈《かいわい》にだって浮世絵の絵手本に選ばれる、気品のある別嬪《べっぴん》さんが居るのだぜ」

「それを聞いて安心したぞ。あの二人、余りに慎みがなかったのでな」

「こっちこそすまなかったなぁ。あいつらにゃ今度詫びを入れさせるからよ、ひとつ勘弁してやってくんな」

安堵《あんど》した侍に向かって告げる、銀次の口調は打ち解けたものだった。

襲われたのは誤解と分かったからである。

天ぷらを買いに来た奉公人たちがいなくなるのを待って、銀次は治作に改めて侍を引き合わせた。

「こちらは入間弥平《いるまやへい》さん。長崎からお出でなすったお人だ」

「治作どのと申されたか。先程は馳走《ちそう》になったな」

「こっちこそ、ごていねいに痛み入りやす」

慌てて治作は前掛けを取り、深々と礼を返した。

「それで銀の字、お前さんはどこで入間さんと知り合ったんだい」

「ああ、ちょいと千本杭《ぐい》んとこでやり合ったのよ」

「おいおい、穏やかじゃねぇな」

「なーに、ただの行き違いさね」

「行き違いって、どういうこったい」

「俺が例の観音さまを探して歩いてんのを見咎《みとが》めて、良からぬ奴だと思ったらしい」

「どうしてそんなことで、お前さんを」

「そいつぁ、入間さんがキリシタンだからさ」

「き、キリシタンだとっ」

「声がでかいぜぇ、作さん。誰が聞いてるか分からねぇだろうが」

「す、すまねぇ」

慌てて詫びつつ、治作は小声で問いかける。

「そんなお人が、どうして江戸になんか出て来なすったんだい」

「聞いて驚きなさんなよ。狙いは俺らと同じ、マリア観音だぜ」

「えっ」

「入間さんの話によると、お国許で妙なキリシタン狩りがあったそうなんだ」

「妙な、ってのはどういうこった」

「ご領内に潜んでなさる宗徒を誰一人咎めない代わりに、近在の村じゅうからマリア観音だけを、根こそぎ集めたってんだ」

「お咎めなしに、かい」

「理由は定かじゃねぇんだが、九州のお大名も昔ほどにはキリシタン狩りに熱心じゃないみたいだぜ」

「だって禁教なんだろう。取り締まるのがお役目だろうに」

「その役目を果たすのが面倒だから、見て見ぬ振りをしてくれてるらしいよ。なまじ江戸表に知られちまったら大ごとになるから、ってな」

「ふーん。昔はずいぶん酷い真似をしたって聞いたけど、今日びのお大名はなかなか話せるもんだなぁ」

「そのはずなのに、どうしてマリア観音を無理やり集めたのか気にならねぇか」

「言われてみりゃ、たしかに稀有《けぶ》(奇妙)だな」

「稀有なこったし、現に入間さんという人がお出でなすったしな」

「それじゃ銀の字、このお侍は仲間内《うち》から選ばれて、観音さまを取り戻しに来たってことなのかい」

「その通り。宗徒の中で一等腕が立つ、地侍《じざむらい》だそうだ」

「お前さんとやり合って無事ってことは、相当な腕利きだな」

「そんなに怖そうな顔をしなくってもいいよ、作さん。お互いに敵じゃねぇってことはよーく分かったんだから。それに事情を話したら、マリア観音を探すのを手伝ってくれるってさ」

「ほんとかい」

「借金の担保にされたのは許しがたいが、無事に取り戻せればそれでいいって言ってくれたよ。俺らとは違って現物を拝んでいなすったお人だし、一緒に探してくれれば見つかるのも早かろうぜ」

「だからって銀の字よ、あんまり深入りしないほうがいいんじゃねぇのか」

「どうしてだい、作さん」

「江戸じゃ宗門改のお役人衆の取り締まりが厳しいからに決まってんだろ。幾ら千田の旦那《だんな》でも、いざとなったら庇《かば》い切れめぇ」

「へっ、そんなのは何とでもなるさね」

「お役人を甘く見るもんじゃねぇぜ、銀の字よぉ」

「とにかく、俺はあの人を匿うことにした。おっかさんに訳を話して、しばらく逗《とう》留《りゅう》してもらうつもりだよ」

「本気かい、お前さん……」

「そんな顔すんなって。どのみち乗りかかった船だろうが」

浜町河岸でしゃがんで話をしている間、弥平は屋台で店番をしてくれていた。

「治作どの、お客だぞ」

「へ、へいっ」

立ち上がった治作に続き、銀次も悠然と腰を上げる。

人助けをする上で、必要となれば追われる者を匿うこともしばしばある。

足抜けした遊女や駆け落ち者の男女、仇《かたき》として追われる貧乏浪人などにもおかんは救いの手を差し伸べ、銀次に命じて江戸から落ち延びさせてきた。

むろん、誰彼構わず助けるわけではなかった。

救済する必要があると見なしたときのみ、おかんと銀次は動く。

おうめの一件では年端もいかぬ少女だったが、成長した娘でも理不尽に売り飛ばされたとなれば、見捨ててはおかない。

こたびの件でも、キリシタンが禁教であることなどは問題ではなかった。

盗まれたマリア観音の像が見付かり、出どころが巨摩屋と世間に知れれば宗門改の詮議《せんぎ》を受ける羽目となる。担保に預けた升屋も同罪に問われ、共に取り潰《つぶ》されるのは目に見えていた。

升屋はともかく、巨摩屋は界隈に欠かせぬ存在。町の商いを代々支えてくれた両替商の名店を、こんなことで無くしてはなるまい。

そう思えばこそ、銀次は一肌脱いだのだ。弥平を匿おうと決めたのも、役に立ってくれると見なせばこそだった。

おかんもきっと、考えることは同じはず。

左様に判じて連れ帰ったものの、示された態度は意外なものだった。

「経緯は分かったよ、銀。こちらさんには離れに泊まっていただこうかね」

「えっ。俺と同じ部屋でいいじゃねぇか」

「何をお言いだい、この助平が」

「は？」

「いいからいいから、後はあたしに任せておき」

何を言われているのか、銀次は訳が分からない。

納得したのは一緒に風呂《ふろ》に入ろうと思い立ち、奥の湯殿に押しかけたときのこと。

「お、お前さん、女、だったのかい⁉」

「いいからおぬし、まずは前を隠せ。話はそれからだ」

「ああ、すまねぇ」

サッと銀次は後ろを向いた。

弥平は慌てることなく洗い場から立ち上がり、ゆったりと湯船に浸《つ》かる。

驚いたのは真っ裸の銀次と出くわした、一瞬だけのことだった。

七

翌日の昼、銀次は千田万蔵を呼び出した。

日本橋界隈《かいわい》の見廻《みまわ》りを終え、浜町に来る時分を見計らってのことである。

「どうした銀公、何か分かったのかい」

「当たり前だろ。そうでなけりゃ、うちに来てもらおうなんて思わないよ」

「すまねぇなぁ、気を遣わせちまって」

申し訳なさそうに答えながらも、万蔵は同席した弥平が気がかりな様子。

一夜明けて、弥平は装いを新たにしていた。

おかんの若い頃の着物を貸してもらい、きちんと紅白粉《べにおしろい》まで刷《は》いている。

「なぁ銀公、こちらさんは一体」

「話を聞いてもらえるのかい、旦那」

「そりゃ、お前さんが引き合わせようってお人なら話も聞くさね」

「武士に二言はあるめぇな」

「お、おう」

「だったら打ち明けてくれるかい、入間弥平……いや、弥栄《やえ》さん」

「……お初にお目にかかる」

美しく装いながらも、男言葉のままだった。


入間弥平こと弥栄は、先祖代々のキリシタン。

年子で瓜二《うりふた》つの弟を装い、長崎から出てきた。

身内はもとより宗徒の一同の中で、弥栄ほど腕の立つ者がいないからだ。

目的は領主の大名に奪われ、江戸に運ばれたマリア観音を取り戻すこと。

ただの白磁の像を持って行かれたわけではない。

奪われたのは、信仰の拠《よ》り所なのだ。

厳しい弾圧に屈することなく、先祖代々に亘《わた》って護《まも》り抜いてきた、何物にも代えがたい存在なのだ。

思い入れが強ければこそ、弥栄も手段を選びはしなかった。男装に身を固めて弟になりすまし、国境はもとより監視の厳しい箱根の関も上手《うま》くやり過ごして、遠い江戸までやって来たのである。

そして今、弥栄はすべてを明かしてくれた。

大名に無理強いし、マリア観音の像を集めさせた黒幕の名を万蔵に伝えたのだ。

「升屋寺平。間違いあるめぇな」

「はい。しばしば国許《くにもと》にも来ておりました故」

「実はキリシタンだった、ってんじゃないのかい」

「とんでもありませぬ。冗談にも左様なことは仰せにならないでくださいましっ」

「す、すまねぇ」

弥栄にぴしゃりと一喝されて、万蔵は首をすくめた。

二人のやり取りを、銀次は黙って見守っていた。

万蔵には今一つ、耳に入れなくてはならないことがある。

あくまで確証を摑《つか》んだ上でのことだったが――。

万蔵が帰った後、銀次と弥栄は中食を共にした。

給仕をしてくれたのは、おかんである。

いつも早々と独り飯を済ませ、仕事に戻るのに珍しいことだった。

「忙しいのにいいのかい、おっかさん」

「そりゃお前、たまには母親らしいこともしなくちゃいけないだろ」

「へっ、雨が降らなきゃいいけどな」

「馬鹿だね、お客さんの前で恥を掻《か》かせるんじゃないよ」

毒づきながらも、銀次に飯を盛ってやる手付きは優しい。

それでも、おかずだけはしっかり差を付けていた。

「なぁ、おっかさん。俺のいか天は無いのかい」

「欲しけりゃ治作に揚げてもらいな」

「そりゃないよ。そいつも作さんが拵《こしら》えたんだろ」

「そうだよ。弥栄さんのために届けてもらったのさ」

「おいおい、ひでぇなぁ」

「当たり前だろ。お客と差を付けなくて、どうするんだい」

涼しい顔で告げ、おかんは席を立つ。

二人きりになり、銀次と弥栄は食事を楽しんだ。

「どうだい、味は」

「うむ……美味《うま》い」

おかんが治作に命じて揚げさせたのは、甲いかの天ぷらだった。食べやすく切り分けてくれているのを箸《はし》でつまみ上げ、さくさく音を立てて味わう弥栄の顔には満面の笑み。見守る銀次の表情も、いつになくほころんでいた。

「屋台で出しておるのと違うて、串《くし》を打っておらぬのだな」

「あれは立ち食いしやすくするための工夫さね。こうして皿に盛り付けると見栄えもいいだろ」

「うむ、まさに馳走《ちそう》だ。治作どのには、後で礼を申さねばなるまい」

「そんなのいいよ。美味い美味いって食ってもらえりゃそれでいいんだって、作さんはいつも言ってるしな」

「成る程、職人の鑑《かがみ》だな」

しみじみつぶやき、弥栄は二切れ目のいか天を胃の腑《ふ》に収める。

と、銀次がさりげなく語りかけた。

「なぁ、弥栄さん」

「何だ、銀次どの」

「お前さん、うちじゃ男言葉で通さなくてもいいのだぜ」

「いや、国許に戻るまでは油断できぬよ」

「念には念を、ってことかい」

「それもあるがな、むしろ楽なのだ」

「どういうこった」

「私が弟と入れ替わるのは、何もこたびが初めてではない。幼き頃より折に触れては着衣を取り換え、代わりを務めて参ったのだ」

「そいつぁ、親御さんに命じられてのことかい」

「いや、そうとばかりも限らぬ」

弥栄は思い出し笑いをした。

「こたびも含め、長じてからは左様な折も多くなったが、子供の時分は遊び半分で楽しんでおったよ。生来おとなしい弟と違《ちご》うて、私はおてんばだったのでな」

「へぇえ。それで腕も立つってわけか」

銀次は興味津々でうなずく。

美弥や桃代をあしらっているときとは、明らかに態度が違った。

「左様。おなごが剣を学ぶのは余り感心されぬのでな。しかし私が弟としばしば入れ替わっては稽古《けいこ》に励んでおるうちに父上も根負けし、好き勝手に学ばせてくれるようになったよ。これでは嫁の貰《もら》い手が無いと嘆いてもおるが……な」

「そうかい。俺は全然構わないけどなぁ」

「えっ」

「いやいや、何でもねぇよ」

銀次は横を向き、ずずっと味噌《みそ》汁を啜《すす》る。

そこに達吉が入ってきた。

「おっ、上がったかい」

「お待たせしました」

達吉が捧《ささ》げ持っているのは、弥栄が着ていた男物の装束一式。いずれもきちんと火熨斗《のし》（アイロン）を当てて、折り目正しく畳んである。

「かたじけない、達吉どの」

「いえいえ、何ほどのこともありません」

一礼する弥栄に、達吉は明るく笑みを返す。

「ご逗留《とうりゅう》中はなんなりとお申し付けくださいまし。おかみさんから、そのように申し付かっておりますので、ね」

「痛み入る。どうかお気遣いは無用に願おう」

「いいんだよ、お弥栄……いや、弥平さん」

銀次も笑顔で言い添えた。

「遠来の客は丁重にもてなすのがうちの流儀なんだ。ましてお前さんには手を貸してもらうんだし、粗略になんか扱えないさね」

「そのことだが銀次どの、私は何をすればよいのだ」

「飯はもういいのかい」

「大事ない。食事は常に腹八分目と心得ておる」

「いい心がけだな。片付けを頼むぜぇ、たっちゃん」

達吉を後に残し、二人は廊下に出た。

弥栄の着替えが済むのを待って、向かった先は日本橋。

浜町からは、歩いて四半刻《とき》（約三十分）とかからない。

「あの看板が見えるかい」

「升屋……だな」

「さっき引き合わせた八丁堀の旦那《だんな》が、調べ直しを始めていなさるはずだぜ」

「あれから早々に乗り込んだのだろうか」

「そういうお人なんだよ。思い定めたら一直線なのさね」

「果たして首尾はどうであろうか……」

「心配なのかい、お前さん」

「升屋は一筋縄ではいかぬ男だ。あの真っすぐな御仁では荷が重かろう」

「だろうな。俺も難しいと思うぜ」

「ならばおぬし、なぜ止めなんだのか」

「そういうわけにはいくめぇよ。千田の兄いにも、男の矜持《きょうじ》ってもんがある」

「やるだけやらせて、後は引き受けるということか……ふふっ」

「おやお前さん、どうして笑うんだい」

「いや……私も弟には、常々そうさせておるのでな」

「おいおい、兄いは俺らより一回りも年上なのだぜ」

「年の差などはどうでもよかろう。それにおぬしの手ならば、幾ら借りても千田どのは恥だと思うまいよ」

「へへっ、違いねぇや」

二人はうなずき合い、通りの向こうから升屋の様子を見張る。

初めて組んだとは思えぬほど、息がぴったり合っていた。


升屋寺平は老いても端整な男であった。

男前ですらりと背が高く、物腰が柔和と来れば、大抵の女はころりと騙《だま》される。

浪人あがりの寺平は若い頃に算盤《そろばん》の腕を買われて雇われ、家付き娘と縁付いて升屋のあるじに収まった。

その家付き娘は早々に他界し、義理の父母もすでに亡い。寺平は後添えを貰うことなく商いに励む一方、艶福家《えんぷくか》としても知られていた。

自信があるのは、女をたらし込むのと算盤勘定の技だけではない。

剣の腕もそれなりに秀でており、今も稽古を欠かさずにいる。

その気になれば、万蔵など敵ではない。

自分が上と確信していれば、何を言われたところで腹は立たない。過日に押しかけられたときもそうだった。

しかし、今日も万蔵はしつこい。

何を言われても納得せず、先ほどからしぶとく居座っていた。

「おい升屋、幾らとぼけたところでネタは上がっているのだぜ」

「はぁ、何のことでしょうか」

「お前さん、先だって長崎まで旅に出ただろう」

「ははは、商いの上のことにございますよ」

「だからって、何も暮れの忙しい最中《さなか》に出向くこともあるめぇ」

「致し方ありますまい。金子を長年ご用立てしております、お大名のお招きにございましたので」

「そうなのかい。ほんとはマリア観音を仕入れに行ったんじゃねぇのか。御上の目をごまかすために、わざわざ船まで仕立ててよぉ」

「マリア観音？　船？　何を言っておられるのですか、千田さま」

「まだ認めねーつもりかい。だったら、とっときのネタを出すしかあるめぇ」

とぼけ通そうとする寺平に、万蔵はにやりと笑いかけた。

「お前さんは浪人って触れ込みで升屋の入り婿になったそうだが、元はと言えば長崎の地侍……そうだな」

「……」

「ぜんぶ調べは付けてきた。しらばっくれても無駄なこったぜ」

「仰せの通りにございますが、それが何だと言うのです」

「お前さん、もともと一族ぐるみのキリシタンだったんだろう」

「ははは、埒《らち》も無いことを申されますな」

「おやおや、まだ笑えるのかい」

　負けじと万蔵も笑みを浮かべて見せた。

「さすがは祈りを捧げるもんを金儲《かねもう》けの道具に仕立てやがった、罰当たり野郎だけのことはあるなぁ」

「罰当たりとは、何のことです」

「とぼけるなって。お前さんは金でお大名家を動かし、マリア観音の像を集めさせたんだろうが。ずいぶんふざけた真似をしてくれたもんだが、こいつぁご先祖を酷《ひど》い目に遭わされた、意趣返しのつもりかい」

「ご冗談もほどほどになされ。いい加減にいたさねば、ただでは済みませぬぞ」

「へっ、だったらこっちは宗門改に訴え出るだけのこったぜ」

　万蔵はおもむろに立ち上がった。

　人払いをさせた座敷に仁王立ちし、寺平を見下ろす。

　不意に足元を払われたのは、次の瞬間のことだった。

「うわっ」

仰向《あおむ》けに引っくり返った刹那《せつな》、ずんとひじ打ちをぶち込まれる。

足払いを仕掛けたのに続いて身を躍らせた、寺平の仕業だった。

体重を載せた一撃を喰らい、たちまち万蔵は悶絶《もんぜつ》する。

油断しきっていたわけではないにせよ、不覚を取ったのは相手の実力を甘く見たが故のこと。寺平は万蔵が思った以上の強者であった。

「ふん、木っ端役人が大きく出おって。身の程知らずが笑わせるわ」

気を失ったのを冷たく見下ろし、寺平はつぶやく。

そこに女の声がした。

「旦那さま」

「おお、来てたのかい」

寺平は満面の笑みを浮かべて迎える。

歩み寄ってくる女は塗りも艶やかな新品の櫛を挿していた。

裾《すそ》が割れ、下着が覗《のぞ》く。今日びの流行《はや》りとは違う、白い腰巻だった。

「この町方同心、いよいよ始末を付けることにしたよ」

「手は要りますか、旦那さま」

「そうだなぁ、簀巻《すま》きにして沈めちまうにしたって、ちょいと沖まで漕《こ》ぎ出さないと人目に付くしな。二、三人、イキのいいのを呼んどいてくれるかい」

「承知しました。すぐに声をかけましょうね」

「頼りにしてるよ、おしず」

「まぁ、嬉《うれ》しい」

そっと寺平に手を握られ、おしずは微笑む。

皆から信用されているのをいいことに巨摩屋を抜け出し、升屋に忍び入って二人で会うのは毎度のこと。堅物の番頭を籠絡《ろうらく》して蔵の鍵《かぎ》をこっそり持ち出し、マリア観音を盗んだのも、彼女の仕業だった。

その像はといえば元の通り、寺平の手許《てもと》に戻っている。

他の両替商たちに対しても、寺平は同じ罠《わな》を仕掛けていた。

わざと大金を借り、担保にしてほしいと持ちかけて御禁制の像を預けた上で、息のかかった女中に持ち出させる。いずれも寺平が目を付けて口説き落とし、何でも言うことを聞くように仕込んでいた。

大胆な真似をしたものだが、これも相手の両替商たちが保身を図り、盗まれたとは口外しないと見越した上でのことだった。

升屋は日本橋の両替商たちの中では後発で、財力も乏しい。なればこそ浪人あがりが婿として入り込み、商いの実権を握るのも容易《たやす》かったわけだが、こんなもので満足するほど寺平の野心は小さくないし、いつまでも軽んじられるのも面白くない。

そこでただ同然で掻《か》き集めた、マリア観音を使った悪事を思いついたのだ。

御禁制の品を預かったのが露見すれば、両替商たちは重い罪に問われる。当の寺平も知らなかったとなれば責められず、何事も無かったことにするしかないし、担保を失くした以上は貸した金を返せとも言えない。

相手は踏んだり蹴《け》ったりだが、寺平は丸儲《まるもう》けした上に溜飲《りゅういん》も下がって一石二鳥。

これまで升屋をさんざん馬鹿にしていた格上の商売仲間を見返し、おまけに大金も手に入ったのだから万々歳だった。

手先に使った女中たちの中でも、おしずは極めつけの悪女。

元をただせば、女だてらの盗《ぬす》っ人《と》である。

まだ若いくせに悪事に慣れているのも、一味を束ねていた父親に幼い頃から仕込まれていればこそ。

その父親が捕えられ、獄門になった後に面倒を見てきたのが寺平であった。

「ほんとに旦那《だんな》は悪いお人ですねぇ」

「おや、今になって気付いたのかい」

「いえいえ、もとより承知の上ですよう。用心棒と勘定役を兼ねて、おとっつぁんに飼われていなすった頃から、ね」

「ふふふ、あの頃は世話になったのぅ」

「まぁ、ほんとにそう思っていなさるんですか」

「何だい、その物言いは」

「いえね、おとっつぁんと手下たちを町方に売ったのは、もしかしたら旦那なんじゃないかって、ときどき考えちまうんですよ」

「ふっ、埒も無いことを。儂《わし》が左様な人でなしに見えるのか」

「見えますよう。そうでなきゃ、こんな罰当たりな真似なんかできないもの」

「ははは、お前も言うようになったの」

「そりゃそうですよ。いつまでも小娘ってわけじゃないんだから」

剣呑《けんのん》なやり取りをしながら、おしずは寺平に甘えかかる。

その足元で、万蔵は悶絶したままでいる。

惚《ほ》れた女が外道の仲間であるとは、夢にも思っていなかった。

日が暮れて、銀次と弥栄は一旦《いったん》浜町河岸に引き上げていた。

しかしいつまで待っても、万蔵は姿を見せない。

銀次を訪ねてくるどころか、通りにも出てこなかった。

「八丁堀の旦那なんて来ていないそうですよ、銀次さん」

とぼけて様子を聞きに行った達吉が、暗い面持ちで升屋から戻ってくる。

「こいつぁ、やばいことになってるのかもしれねぇなぁ」

「何といたすか、銀次どの」

弥栄も心配そうな声を上げる。

「どのみち寺平めを討つのは私の役目だ。今すぐ忍び込み、千田どのが囚《とら》われておるならば助け出して参ろうぞ」

「そこまですることには及ばねぇよ、お前さんは手前《てめえ》の使命ってやつを果たすことだけに専心してくんな」

「されど」

「いいんだよ。手間のかかる兄いを助けんのは、弟分の役目さね」

「銀次どの……」

「いいからお前さんは英気を養っててくんな。飯も腹八分目に、な」

戸惑う弥栄に微笑みかけ、銀次は達吉に視線を向けた。

「作さんを呼んでくれるかい、たっちゃん」

「は、はい」

「声をかけたらその足で升屋に出向いて、引き続き様子を見張ってくんな。どのみち人通りのあるうちは下手な真似はするめぇ。勝負は夜が更けてからだ」

つぶやく銀次の表情は真剣。

迫る決戦に向けて、静かに闘志を燃やしていた。

八

夜が更けるのを待ち、おしずは寺平が手配した荷船で大川に出た。

手伝いに呼び出した三人組は、亡き父親の配下だった男たち。

今でこそ小さな盗みを働いて糊口《ここう》をしのいでいるが、かつては盗っ人一味の先鋒《せんぽう》として、血を見るのにも慣れた連中だ。廻方同心《まわりかたどうしん》を始末するとおしずから聞かされても驚くことなく、猿ぐつわを噛《か》ませた万蔵を手際よく簀巻きにしてくれた。

「姐《あね》さん、これでよろしいですかい」

「もうちっときつく縛っておきな。この野郎、しぶといからね」

「よくご存じみたいですね」

「そりゃそうさ。いつも用もないのに訪ねてきては、あたしをじろじろ舐《な》め回すように見ていきやがって。この助平め、いい気味だよ」

憎々しげに言いながら、おしずは万蔵を蹴っ飛ばす。

装いは、昔取った杵柄《きねづか》の黒装束。急な病で寝込んだ母親を看病したいと偽って抜け出してきたので、巨摩屋には朝まで戻らなくても平気であった。

「だから堅気の奉公なんかするもんじゃねぇって言ったじゃねぇですか、姐さん」

つぶやいたのは、三人組の兄貴分。

「どうです、そろそろあっしらを手引きしていただいて、巨摩屋に眠ってるおたからを根こそぎ頂戴《ちょうだい》するってぇのは」

「おっ、いいですねぇ」

「お願いしやすよ姐さん。ここんとこ、ろくに稼げていねぇもんで」

残る二人も一斉に、期待のまなざしを向けてくる。

しかし、おしずはにべもなかった。

「そうは問屋が卸さないよ。升屋の旦那と手を切るのはまだまだもったいないさ」

「ほんとですかい。あのサンピン、ずいぶんと出世したもんですねぇ」

「あれは恐ろしいお人だよ。その気になったら、あたしらを町方に売り飛ばすぐらいのことは屁《へ》でもないだろう。これからも大人しく手を貸すのが利口ってもんさね」

「仕方ありやせんねぇ。せいぜい気張って、恩を売っとくとしますかい」

うそぶきながら、兄貴分は簀巻《すま》きにした万蔵を見やる。

「この野郎も哀れなこった。姐さんの色香に迷ったのが運の尽きで、魚の餌かぁ」

「いいんだよ、それがお似合いなんだから」

「へっ、女は怖いや」

兄貴分は苦笑する。

と、頬被《ほおかぶ》りの下の顔が強張《こわば》る。

行く手から一艘《そう》の猪牙《ちょき》が迫り来たのだ。

二人がかりで櫓《ろ》を漕《こ》ぎまくるのは、達吉と治作。

船上では銀次が抜き身の鉄刀を引っ提げ、こちらに鋭い視線を向けていた。

呼び名の通り、舳先が猪の牙《きば》を思わせる形をしている猪牙は、両側から受ける波の抵抗が少ない快速船だ。

櫓を二挺《ちょう》にすれば尚《なお》のこと船足は速くなるが、揺れも半端ではない。

その揺れをものともせず、銀次は仁王立ちになっていた。

「野郎、突っ込んできますぜっ」

「姐さんっ」

荷船を漕いでいた、二人の盗っ人《ぬすっと》が慌てふためく。

「慌てるんじゃないよっ、こっちも負けずに漕ぎまくるんだ」

叱り付けながらも、おしずは動揺を隠せなかった。

盗っ人一味の娘として育った身だけに、おしずは夜目が利く。

迫り来るのが銀次たちであることも、早々に気が付いていた。

それにしても、こちらの正体ばかりか動きまで、どうして察知されてしまったのだろうか――。

混乱していても始まらない。

「辰《たつ》、殺《や》んなっ」

「へいっ」

おしずの命を受け、兄貴分の男が短刀を抜いた。

黒装束の懐に隠し持っていたのは、白木の柄の九寸五分《くすんごぶ》。

短刀の中でも刃渡りの長い、凶悪な代物だ。

おしずも六寸物の懐剣を抜き放ち、キッと銀次を睨《にら》み付ける。

猪牙は間近まで迫っていた。

このままではぶつかってしまう。

簀巻きの万蔵を人質にするか、それとも放り出して船足を速くするか。

おしずが選んだのは前者だった。

懐剣を大きく振りかざし、蓆《むしろ》の上から刺す姿勢を示す。

しかし、迫る猪牙は止まらない。

「ふざけやがって」

頬被りの下で目を血走らせ、おしずは懐剣を振り下ろさんとする。

刹那《せつな》、盛大な激突音。

突っ込んだ猪牙から、ぶわっと銀次が身を躍らせる。

鉄刀で最初に狙った相手は辰。

九寸五分を叩《たた》き落としざま、返す一撃で胴を払う。

吹っ飛んで川に落ちるのを尻目《しりめ》に、船尾の二人を続けざまに薙《な》ぎ倒す。猪牙をぶつけられた衝撃でおしずが転んだのを目の隅で見届けながら、一瞬のうちに為《な》したことだった。

だが、敵も長くは待ってくれない。

「銀次さんっ」

「銀の字っ」

達吉と治作が同時にわめく。

おしずは体勢を立て直し、再び懐剣を振り上げていた。

やられる前に万蔵を刺し貫き、道連れにするつもりなのだ。

そうはさせじと銀次が跳ぶ。

鉄刀が唸《うな》りを上げた。

懐剣を打ち払った次の瞬間、怒りの柄《つか》当てが悪女の顔面に決まる。

折れた鼻から血が噴き出し、頬被りをした黒布が朱に染まった。

「あーあ、別嬪《べっぴん》が台無しだぜ」

「そのほうがいいですよ。引っかかる男の人がいなくなるから」

ぼやく治作を達吉が宥《なだ》める。

「それより千田の旦那《だんな》ですよ、治作さんっ」

「お、おう」

二人は荷船に飛び移り、あたふたと蓆を引き剝《は》がしにかかる。

銀次は打ち倒した盗っ人どもを一人ずつ、猪牙に積んできた縄で縛り上げる。まとめて町奉行所に引き渡し、万蔵の手柄にさせるつもりであった。

その頃、升屋の離れでは寺平が弥栄と対峙《たいじ》していた。

「おのれっ、なぜ儂《わし》の所在を」

「天網恢恢疎《てんもうかいかいそ》にして漏らさずと申すであろう。うぬの悪運も今宵《こよい》を限りに尽きたものと思うがいい」

「今宵限りとなっ」

「うぬに引導を渡しに参った。もとより殺生は罪深きことなれど、裏切り者に裁きを下すためとあれば止むを得まい」

「おのれ、女だてらに儂を斬れると思うたかっ」

「参る」

弥栄は音もなく鞘《さや》を払う。

「くっ」

サッと寺平が身を翻す。

床の間に走り、刀架に手を伸ばす。

商家の入り婿となってからも大小の刀を手放さずにいたのは、斯様《かよう》なときに備えてのことだった。

万蔵に看破された通り、寺平は許せぬ裏切り者。

キリシタンの同志ばかりか身内まで売り渡し、独りで江戸に逃げてきた。

それも領主である大名から報酬をせしめて路銀に充て、盗っ人一味の雇われ用心棒を経て升屋のあるじに収まった後は、立場を逆転させようと金を貸して牛耳り始めたのだから、つくづく根性が腐っている。

そんな悪行三昧《ざんまい》も、いよいよ今宵限りであった。

「ヤッ」

「ぐわっ」

弥栄に鋭い突きを見舞われ、寺平はよろめく。

切り裂かれたのは左手だった。刀を振るう軸手を損なえば力は半減し、如何《いか》なる達人も実力を発揮し得ない。

先手を打った後も、弥栄の速攻は止まらなかった。

夜はいつも離れに籠《こ》もり、誰も近付けず独りで休むのが習慣なのもまずかった。

女房を邪魔に思い、婿入りして二年と経たぬうちに始末したのも失敗だった。

夫を慕い、いつも寝所を共にせずにはいられなかった女房がここにいれば、進んで盾になってくれただろう。

だが、今の寺平は孤立無援。

すべては己の傲慢《ごうまん》さが招いたことであった。

「皆の無念、覚えたかっ」

怒りの突きが脾腹《ひばら》を貫く。

「お、おのれ」

のたうちながら絶命する様を、弥栄は無言で見届ける。

殺人を犯した罪悪感に苛《さいな》まれながらも、安堵《あんど》の念を覚えずにいられなかった。

九

升屋寺平の急死は、心の臓の発作ということで事なきを得た。

町奉行所としても、事件など出来るだけ起きてほしくはない。

そんな御上の内情を、おかんは委細承知していた。

もしも真相が発覚すれば升屋が取り潰《つぶ》されるのは言うに及ばず、マリア観音を担保に預かった両替商のあるじたち、さらには国許《くにもと》でキリシタンを野放しにしていた大名家の責任まで問わなくてはならなくなる。

未曾有《みぞう》の混乱を招くぐらいならば、すべてを闇に葬ったほうが賢明というもの。

おかんと万蔵から事実を知らされた町奉行は、左様に判じてくれたのだ。

その甲斐《かい》あって、弥栄がしたことも罪にはならなかった。

「これでよいのだろうか、銀次どの」

「いいんだよ。お前さんは人なんか斬っちゃいないってことになったんだから、何も手前《てめえ》から言い出すことはあるめぇ。神様だって、大目に見てくれるだろうさ」

「そんな、畏《おそ》れ多いことを言わないでくれ」

「ああ、すまねぇ」

詫《わ》びながらも、銀次の表情は明るい。

マリア観音の像はすべて無事に回収され、密《ひそ》かに国許まで船で運ぶ手筈《てはず》が整った。

費用を出したのは、升屋の被害に遭った両替商たち。

巨摩屋の安兵衛も、公儀に対する日頃の信用を活《い》かして、江戸から長崎に着くまで査察を受けることが無いように段取りを付けてくれた。

おしずの正体を見抜けずに、あのまま放っておけば盗《ぬす》っ人《と》一味の被害に遭っていたと思えば、少々危険な橋を渡るぐらいは何でもない。

左様に見なし、快く一肌脱いでくれたのだ。

むろん、誰もが心に傷を受けている。

とりわけ傷付いたのは万蔵である。

体に受けたのは簀《す》巻《ま》きにされたときの擦り傷だけだが、胸の内はズタズタに切り裂かれまくったに等しい。今日も船着き場まで見送りに来てくれたものの、立っているのがやっとの有り様だった。

「あーあ、女は魔物ってのは、ほんとだなぁ」

「そんなこと言うもんじゃないぜ、兄さん」

「だけどよぉ、銀公」

「日の本は広いのだぜ。兄さんにぴったり合ってるいいお相手が、そのうち必ず出てくるって」

「なんでぇ、江戸だけ見てちゃいけねぇってのか」

「まぁ、な」

うなずく銀次の視線は、旅姿となった弥栄に向けられている。

男装に戻った弥栄は、やはり凜々《りり》しい。

しかし、実は魅力十分な女性であるのを銀次は知っている。
図らずも目にした裸身の美しさは、今も目蓋《まぶた》に焼き付いていた。
何も、それだけで好きになったわけではない。
弥栄ほどひたむきな女性に、これまで出会ったことはなかった。
彼女は、揺るぎない信念を持って生きている。
公儀が認めぬ禁教であろうと、尊いことと言うべきだろう。
しかし、関わるわけにはいくまい。
銀次は生まれた町の治安を護《まも》るため、鍛えた腕を振るっている。
同じ暴れん坊ならそういう役目を果たしたいと、自ら望んで始めたことだ。
弥栄には弥栄の、銀次には銀次の役目がある。
今を限りに、別れるしかないのだ。
「世話になったな、銀次どの」
「達者でな」
言葉少なに挨拶《あいさつ》を交わし、二人は微笑み合う。
弥栄が船に乗り込んだ。
「お達者でー、弥平さまー」

「またいつでも来てくださいよー」

美弥と桃代が張り合って大声を上げる。

「あー、落ち着いてて、いい娘さんだったよなぁ」

天ぷらを揚げる手を止めて、治作がしみじみとつぶやく。

殊更に別れを告げなくても、心づくしのいか天はしっかり土産に持たせてあった。

銀次はおかんと並んで立ち、遠ざかる船を黙って見送る。

「これでよかったのかい、銀」

おかんが気遣うように銀次を見やる。

「いいんだよ、おっかさん。俺《おら》ぁ、この町が大好きなんだからさ」

答える口調に気負いはない。

久しぶりの恋の後味は、ほろ苦くも心地よかった。

第三章　辻斬り野郎が許せねぇ

一

「さぁ行くぞ、付いて参れ」

その男は今宵も供の侍たちを従え、嬉々《きき》として屋敷を後にした。

すでに夜四つ（午後十時）を過ぎていた。

江戸市中では、夜間の通行を制限される時間である。

すべての町境に設けられた木戸は夜四つになると同時に閉じられ、通りたければ素性と外出の目的を番人に明かさなくてはならない。そうやって検《あらた》めを終えた番人は拍子木を鳴らしてやり、これから先に行く者がいることを次の町境の木戸番に知らせてやるという仕組みが整っていた。

町の人たちが自警のため、公儀の承認の下でやっていることだ。煩わしくも親切なことだが、その一行にとっては大きなお世話。町人如きが生意気なと怒鳴り付け、木戸番など斬り捨てたいところだったが、迂闊《うかつ》に騒ぎを起こしてはまずい。

そこで毎度用意するのが、家紋の入った提灯《ちょうちん》。

これさえ見せれば誰も文句など付けられぬし、どこに行くのかと尋ねもしない。

常の如く肩をそびやかし、一行が向かったのは本所。

両国橋を渡った先の、貧乏旗本や御家人の小さな屋敷が集まる一帯まで、わざわざ大川を越えて足を運んだのは、しかるべき考えあってのことだった。

「無駄飯喰《ぐ》らいどもめ、今宵《こよい》も天誅《てんちゅう》を加えてやろうぞ」

覆面の下で含み笑いしながら、男はうそぶく。

まだ二十歳になるかならぬかといった感じの、若々しい声である。

それでいて、口にする言葉は陰々滅々。

「昨今の政はまことに腐りきっておる。腐った幕府に盲従せし、末端の旗本御家人どももまたしかり。斬り尽くすまでは止められぬ。そうは思わぬか、じい」

「仰せの通りにございまする、若《わか》」

即答したのは、七十過ぎと思《おぼ》しき連れの老人。

覆面からはみ出た髪の白さで年寄りと分かるが、背中も腰も曲がっていない。若い男にぴたりと寄り添い、矍鑠《かくしゃく》と歩みを進めていた。

目の配りにも、隙が無い。

獲物を先に見つけたのも、その老人だった。

「あやつになさいませ、若」

「どれ」

若い男は目を細めた。

鼻から下を縮緬《ちりめん》の布で覆い隠していても、浮き出た輪郭から顔の造りが整っているのは分かる。鼻筋はきれいに通っており、品の良さげな細面で色も白い。

それでいて、両の目は不気味にぎらついていた。

期待を込めたまなざしで、何も気付かず向かってくる相手を一瞥《いちべつ》する。

と、横顔に浮かべていた笑みが消える。

「ふん、ずいぶんみすぼらしい奴だのう」

男は不快そうに吐き捨てた。

「あやつは浪人ではないのか、じい」

「いえいえ、左様なことはありませぬ」

すかさず老人が取り成した。

「それがしが見受けましたるところ、この界隈《かいわい》に住まい居る小旗本《こっぱたもと》かと」

「旗本とな」

「ははっ。名ばかりなれど、あれでも直参にございまする」

「そうか。俺としたことが見抜けなんだぞ」

少々悔しげにつぶやくと、男は再び相手に視線を向けた。

夜目を利かせ、今度は慎重に見定める。

「うーむ、たしかに腰は据わっておるな。帯びておるのも、竹光ではなさそうだ。ふっ、それなりに歯ごたえがありそうな奴だのう」

覆面の下で、男はにやりと笑った。どうやら機嫌が直ったらしい。

機を逃さず、老人は念を押す。

「よろしいですかな、若」

「うむ。良きに計らえ」

「しかと心得ました」

一礼し、老人は傍らで支度を整えていた三人の供侍を見やる。

「整うたか、おぬしたち」

「はっ」

「お任せくだされ」

二人の侍が腰を上げた。

共に細身で、敏捷《びんしょう》そうな外見をしている。

残った一人は大柄で、がっしりした体付き。大きな手で提灯を掲げ持ち、男と老人の側にそのまま控えていた。

「半田《はんだ》と川本《かわもと》め、だいぶお役目に慣れて参ったらしいの。そうは思わぬか、染谷《そめや》」

「すこぶる良好にございまする、矢野《やの》様」

老人に問われて答える、提灯持ちの染谷は落ち着いたもの。

その間も、仲間の二人は歩みを止めない。

ずんずん間合いを詰められて、さすがに相手も気が付いた。

「何用だ、おぬしたち」

抜かりなく腰の刀に手を掛け、鯉口を切っている。殺気を感じ取ったのも矢野が見込んだ通り、腕が立つ身なればこそだった。

しかし、そこは半田も川本も慣れていた。

剣の修行が足りておらず、本来ならば敵に近付くとき隠しておかねばならない殺気をだだ漏れにしていても、人は騙《だま》せる。御役に就けずに貧乏している小旗本が相手であれば、尚《なお》のこと容易《たやす》いというものだ。

慌てず騒がず、色黒の半田が呼びかける。

「怪しい者ではござらぬ。良き知らせを持って参った」

「何っ」

「大事ない、大事ない」

間を置かず語りかけた川本は、相棒と違って色白だった。

「不躾《ぶしつけ》な素振りを見せて相すまぬ。実はわが殿が貴殿をいたくお気に召され、ご迷惑でなければ御番入りの口利きをしてやりたいと申しておられるのだ」

「ご主君とな」

「左様。あちらにおわす故、ご挨拶《あいさつ》なされよ」

「まことか……な、何とっ」

視線を向けたとたん、貧乏旗本は絶句する。

彼方《かなた》の闇に淡く浮かぶ、提灯の家紋を目にした上での態度だった。

「あ、あの御家紋は畏《おそ》れ多くも。それでは、貴公らのご主君は」

「左様。若君なれど、貴殿を推挙なされるだけのお力は持っておられる」

「も、勿体《もったい》なきこと……まことに失礼をつかまつった。お許しくだされ」

繰り返し詫《わ》びながら、貧乏旗本は鯉口を締める。

当然のことだった。

刀の鯉口を切るのは、相手を敵と見なした振る舞い。主君が間近に居る殿中ならば自らも咎《とが》めを受け、切腹させられる覚悟が無くては為《な》し得ない。

己のあるじでなくても、高貴な人物の前に出れば同じである。

二人の供侍は、見て見ぬ振りをしてやっていた。

頃や良しと、改めて半田が呼びかける。

「さ、こちらへ参られよ」

「承知」

促されるまま、貧乏旗本はいそいそと後に従う。

間合いが詰まるのを待ち、まず仕掛けたのは矢野だった。

差しなりに抜刀し、左から右へ向かって、横一文字に抜き付けたのだ。

「うっ」

訳が分からぬまま、貧乏旗本は後方に跳んで避ける。

しかし、初太刀《しょだち》はあくまで牽制《けんせい》。

体《たい》を崩したところに見舞われた、二の太刀まではかわせない。

矢野は返す刀で右から左に、同じ軌跡を描いて刃《やいば》を走らせていた。

「ぐわっ」

胸元を横一文字に斬り裂かれ、貧乏旗本はよろめく。

半田と川本が、両の腕をがっちり押さえる。

矢野は血に濡《ぬ》れた刀を引っ提げ、傍らに立ったまま。

若いあるじの手に負えなければ、いつでも斬って捨てるつもりなのだ。

そのあるじは、嬉々《きき》として抜き身を握っている。

腰にしていた刀ではない。

半田に持参させた白鞘《さや》入りの一振りは、戦国の世の古刀《ことう》。切り柄《づか》と呼ばれる特製の柄と、ずっしり重たい鍔《つば》を現場で嵌《は》めたのも半田だった。

無銘ながら切れ味は抜群との触れ込みに違《たが》わず、試し斬りの成果は上々。

屋敷の庭で巻き藁《わら》や竹を斬るだけならば、誰にも迷惑はかかるまい。

だが、一行の所業は明らかにやりすぎであった。

「よろしいですか、若」

ん」

「ご存分になされませ」

いい迷惑なのは、勝手に獲物にされた貧乏旗本。

腕が立ち、用心深くても出世の話には弱い。そんな泣きどころを見抜かれ、まんまと騙されたのが口惜しい限りだったが、悔いても遅い。

「往生せい」

一言告げつつ、あるじは刀を振り上げる。

両の足を踏み締め、腹を突き出した体勢は様剣術《ためし》——亡骸《なきがら》を相手に切れ味を試す技に独特のもの。

振り下ろされた刀も身幅の広い、見るからに頑丈そうな一振りだった。

「ぐわっ……」

無念の叫びと血煙が、同時に上がる。

惨劇を見た者は誰もいなかった。

「お見事にございました」

「さ、お刀を」

半田はあるじに向かって一礼し、川本は刀を受け取る。

血脂を拭《ぬぐ》い、鞘に納める手付きは慣れたもの。

提灯《ちょうちん》持ちの染谷は、川本の手許《てもと》を照らしてやるのに余念が無かった。仲間に落ち度があれば揃って、責任を取らされるからである。

そんな供侍たちをよそに、矢野は亡骸を検《あらた》めはじめる。

染谷に持たせているのとは別の、小ぶりの提灯を片手に目を凝らす。

若いあるじは、わくわくしながら答えを待っていた。

「どうであったか、じい」

「未熟にございますぞ、若」

「何っ」

背を向けたまま告げられ、あるじは激昂《げきこう》。

動じることなく、矢野は続けた。

「畏れながら、力みすぎと拝察いたしまする。刀は振り回すものに非《あら》ず、重みで斬るのが肝要であることを、ゆめゆめお忘れなきよう」

「さ、左様か」

男はそれ以上、咎めようとはしなかった。

剣の師でもある用人に、全幅の信頼を預けているからだ。

しかし、素直なのは矢野に対してのみ。

斬り下ろしの甘さを反省しながらも、口ぶりは傲慢《ごうまん》そのものだった。

「刀さばきとは難しいものだな、矢野」

「なればこそ、ご精進なされる甲斐《かい》もあるのです」

「心得ておる。今宵《こよい》も手ごたえは感じた故な」

「まことにございまするか」

「うむ。たしかに少々力は入ってしもうたが、常々そのほうが申しておった、スッと心地よう刃の入る感触を、しかと覚えたぞ」

「それは重畳」

矢野は嬉《うれ》しげに目を細めた。

「若のご上達の一助となっておるのであれば、こうして夜毎にお供つかまつる甲斐もございまする」

「うむ、大いに役に立っておるぞ。こやつらも、な」

あるじが視線を向けた相手は、刀の手入れを終えた川本たちではない。目を開けたまま無念そうに息絶えた貧乏旗本を、酷薄な笑みを浮かべて見下ろしていた。

「生きておっても益なき輩《やから》は皆、俺の役に立って死ねばいい。はははははは」

世の中の役に立ってないのはお前だよ。

そう考える者は一人もいなかった。

家来だから、というだけではない。

剣の技を悪用すること自体に、誰も疑問を感じていないのだ。

それでも矢野はお目付け役として、限度というものを心得ていた。

「もっと歯ごたえのある奴を斬りたいのぅ」

「何と仰せですか、若」

「次は真っ向から斬り合うてみたい。そのほうらの介添えなしに、な」

「なりませぬ」

「何故だ」

「決まっておりましょう。何事も若の御為にございまする」

言下に否定されてムッとするのに構わず、矢野は続ける。

「どうしてもとの仰せであれば、町人を相手になされませ」

「無礼者。俺に弱き者どもを斬れと申すか。それではただの辻斬《つじぎ》りぞ」

「いえいえ。町人の中にも歯ごたえのある奴は居りますぞ、若」

「まことか」

「浜町河岸の辺りに住まいし、銀次と申す輩が居ります。天ぷらの屋台を束ねし女商人《あきんど》の倅《せがれ》にございまするが、この男、若造なれど腕が立つとの評判で。それがしが調べたところによりますと、町の揉《も》め事を密《ひそ》かに始末しておるそうです」

「揉め事を」

「はい。それも無料《ただ》でやっておるとか」

「ふん、酔狂な奴らしいのう」

「強いのはたしかにございまする。ひた隠しにしておられますが、本多家の五郎兵衛さまが、ものの見事にしてやられたとか」

「あの悪たれが、か」

「相手にとって不足はございますまい。いかがなされますか、若」

「そうだな」

あるじは可笑《おか》しげに笑って見せた。

「五郎兵衛を制したと聞いては放っておけまい。さっそく腕試しに参るといたそう」

「心得ました。されば、明晩にも」

用人に目くばせされ、三人の供侍は黙ってうなずく。

思わぬ連中の獲物に選ばれたことを、当の銀次はまだ知らない。

二

「また出やがったのかい、辻斬り野郎が」

「これで十人目だってよ」

「腕利きのお旗本をバッサリやっちまうなんて、相当な凄腕《すごうで》だぜ」

「その前はお大名屋敷にも出入りしていなすった鑓《そう》術師範、そのまた前は柔術《やわら》の先生……みんな判で押したみてぇに二太刀でやられてるそうだ」

「くわばら、くわばら。ったく、物騒な世の中になったもんだぜ……」

本所で起きた事件の噂は、翌日早々に日本橋まで広まっていた。

こうしたことを広めるのは、瓦版《かわらばん》屋だけの役目ではない。

日本橋の魚河岸とやっちゃ場に朝早くから仕入れに集まり、売り切るまで江戸市中を流して歩く棒手振《ぼてふ》りも、いつも一役買っている。

気っぷのいい男たちは、役人に対しても強気だった。

「あっ、八丁堀《はっちょうぼり》だぜ」

目敏《めざと》く千田万蔵を見付けた一人の棒手振りが、指をさす。

慌てて踵《きびす》を返そうとしても、もう遅い。

「旦那《だんな》ぁ、辻斬り野郎をいつまで野放しにしておくんですかい」

「早いとこお縄にしちまってくだせぇよ。このままじゃ、夜歩きもできやしねぇ」

「そうだ、そうだ」

「分かってらぁな、おめーたち」

棒手振りたちに取り囲まれ、万蔵は困り顔。

「いずれ必ず騒ぎは収まるからよぉ、おめーらもそれまで用心してくんな」

「何もしねぇで大人しくしてろってんですかい。そいつぁ殺生ってもんですぜ」

「いつもだったら俺に任せとけって請け合ってくださるじゃねぇですか。旦那らしくもありやせんぜぇ」

「分かった、分かった。分かってるって」

万蔵はなじられるばかりであった。

これではいじめているようで、張り合いも何も有りはしない。

「あーあ、お役人も当てにゃならねぇってことかい」

「仕方あるめぇ。せいぜい夜歩きは控えるとしようぜ」

「命あっての物種だからなぁ。くわばら、くわばら」

棒手振りたちは三々五々散って行った。

解放された万蔵は、大きく溜《た》め息を吐いて歩き出す。

日本橋を後にして向かう先は小伝馬町《こでんまちょう》、人形町《にんぎょうちょう》、そして浜町《はまちょう》。

いつもの見廻《みまわ》りの順路であるが、いつになく足の運びがのろかった。

辻斬りの一件のことで、よほど屈託を抱えているらしい。

こういうときには気晴らしが必要だ。

にも拘《かか》わらず、万蔵は浜町河岸の自身番屋に寄ろうとはしなかった。

いつもであれば嫌な顔をされても構うことなく上がり込み、銀次を呼びに若い衆を走らせるはず。ところがここ数日はどうしたことか、目も呉《く》れない。

「あれぇ、今日も素通りかい」

「一体どうしなすったんだろうなぁ」

番屋の前に居た二人の若い衆も、怪訝《けげん》そうに見送るばかり。近寄りがたい雰囲気を漂わせているだけに、声をかけるのもためらわれる。

しかし、銀次は何の躊躇《ちゅうちょ》もしなかった。

「待ちなよ、千田の兄い」

「銀公か」

疲れた顔で振り向く万蔵に、銀次は笑顔で歩み寄った。

「こっちは毎日待ってるのによ、素通りたぁつれないだろうぜ」

銀次が明るい声で呼びかけても、万蔵の気勢は上がらない。

「ここんとこ将棋も誘いに来ないで、どうしたんだい」

「仕方あるめぇ。辻斬り騒ぎのせいで御用繁多なんだよ」

万蔵の口は重かった。

それでも、銀次は話しかけるのを止めようとしない。

気落ちしているのなら、理由を知りたい。

相手の身を案じればこその行動であった。

「忙しくしてる割にゃ、ずいぶん事が長引いてるじゃないか」

「う、うるせぇよ」

「何なら手を貸そうかね、兄い」

「余計なことを言うんじゃねーよ、銀公」

万蔵はぴしゃりと一喝した。

「おめーらが裏でやってることを俺は金輪際認めやしねぇって、何遍言えば分かるんだい。ちょいと腕が立つからって、素人にしゃしゃり出られちゃ困るんだよ」

しかし、銀次も負けてはいない。

「だったら、もうちっとしっかりしてくれよ。ここんとこ兄いの評判が落ちっぱなしなもんで、俺らも肩身が狭いんだよな。もちろん悪口を言ってる奴ぁ見つけるたびに締め上げちゃいるけどよ、この調子じゃキリがなかろうぜ」

「む」

「とにかくだ、兄い。もしもこの界隈《かいわい》に辻斬《つじぎ》り野郎が入《へえ》り込んできやがったら、俺《おら》ぁ放っておかねぇよ」

「本気かい、銀公」

「当ったり前さね。誰だろうと思いっ切り叩《たた》きのめして突き出してやっから、兄いの手柄にするがよかろうぜ。へっへっへっ」

常の如く、銀次は自信満々。

たちまち万蔵の顔が青くなった。

よろめくように、一歩踏み出す。

「よ、止せ。悪いこたぁ言わねえから、何もするんじゃねぇ」

「どうしてだい」

戸惑いながらも、銀次は問い返す。

啖呵《たんか》を切った以上、後には引けない。

それにいつもの万蔵ならば、手を貸すと言われて拒みはしないはず。

銀次が手柄を譲ってくれるのを、実は喜んでいるからだ。

しかし、今日の態度はどこかおかしい。

いつもと違って、あくまで事に関わらせまいと頑張っていた。

「悪い奴をふん縛《じば》るのは俺らの役目だ。何遍も言ってるこったが、おめーらの出る幕じゃねぇんだよ」

「だったら早いとこお縄にしちまえばいいだろう。手が足りねぇんなら、遠慮せずに言ってくれればいいじゃないか」

「そういうことじゃないんだよ、銀公」

「歯切れが悪いなぁ、兄い。いつもみてぇにサックリ言ってくれよ」

「今度ばっかりは……相手が悪いんだ」

「するってぇと、辻斬りの目星はついてんのかい」

「い、いや」

「何だってんだい、はっきりしなって」

「いいから黙って、大人しくしてやがれっ」

無理やり話を打ち切り、万蔵はその場を後にする。

何かを知っていながら、明かせない。そんな苦しげな面持ちだった。

三

万蔵が多くを語らなかった理由は、その日のうちに判明した。

夜更けの浜町河岸を歩いていて、銀次自身が襲われたのだ。

暗くなって出かけたのは、火の始末を確かめるためだった。

屋台の商いでは、火の元の管理が何より重んじられる。

治作を信用していない、というわけではなかった。

火の始末は、しつこいぐらいでちょうどいい。

油を使う天ぷら屋は尚《なお》のこと、手抜かりがあってはならない。火事を起こせば商いが停止になるのはもちろん、町の衆に顔向けできなくなってしまう。事が起きてからでは遅いのだ。

そう思えばこそ、いつも銀次は手を抜かない。

生来のものぐさで何事も億劫《おっくう》がるのに、これだけはおかんにいちいち言われるまでもなく、達吉が来てからも押し付けることなく自ら河岸まで出向き、他の屋台の場所まで念入りに見て廻るのが常だった。

「あー美味《うま》かった。やっぱり精進揚げは塩で喰《く》らうに限るぜぇ」

夕餉《ゆうげ》を終えて、銀次は満足そうにげっぷを漏らす。

自分で什器《じゅうき》を洗って拭《ふ》き、箱膳《はこぜん》に収めて片付ける。

達吉はいち早く食事を済ませ、帳簿付けを手伝っていた。

こちらに奉公替えさせた当初は厳しいばかりだったおかんも、近頃は少しずつだが雑用以外のことも任せるようになりつつある。

それだけ達吉も態度が改まり、生意気なところが失《う》せたということだ。

とはいえ、おかんも甘くなったわけではなかった。

「こら、達。先回りして算盤《そろばん》を弾《はじ》くんじゃない」

「ですけどおかみさん、ねぎの支払いは七色《なないろ》（唐辛子）と一緒に押さえておいたほうがよろしいんじゃ」

「書き留めるほうの身にもなっとくれ。順繰りに勘定してくれりゃいいんだよ」

「す、すみません」

びしびし言われても、達吉はへこたれない。

一度は反論してしまうのは相変わらずだが二度まで逆らうことなく、神妙な面持ちで算盤を弾き直す。

「へっ、何だかんだで息が合ってら」

帳場でのやり取りを横目に、銀次はにやり。

こちらも休んではいられない。

「さーて、俺もひと働きしなくっちゃ……」

雪駄《せった》を突っかけ、鉄刀を腰にして表に出る。

用心したのは、辻斬りに対してだけではない。

半纏《はんてん》を羽織ったのは、夜の冷え込みに備えてのこと。

桜はすでに散ったものの、まだ花冷えは去っていなかった。

昼間は暖かいからと油断をすれば、たちまち風邪を引いてしまう。

おかんに余計な心配をかけないためにも、自分の体調ぐらいは保ちたい。

袖《そで》を通さず羽織った半纏の袖をひらめかせ、銀次は夜の浜町河岸に出る。ほとんどの屋台は商いを切り上げ、残るは治作の天ぷら屋と、並びのそば屋だけだった。

「よぉ銀の字、お見廻《みまわ》りかい」

「いつも面倒かけるねぇ、銀次さん」

「なーに、当たり前のことさね」

労をねぎらう二人に、銀次は笑顔で提灯《ちょうちん》を掲げて見せる。

家紋の代わりに入っていたのは、丸に銀の一文字。

江戸で人気の天ぷら屋台を一手に束ね、女ながらやり手と評判のおかんが溺愛《できあい》する一人息子の名前を屋号にしていることを、江戸の町人で知らぬ者はいない。この提灯さえ持っていれば、町境の木戸を検《あらた》めなしで通り抜けるのも自在であった。

その提灯を左手にぶら提げ、銀次は目を凝らしながら河岸を歩く。治作とそば屋が後片付けをしている間も、よその屋台の場所に火種が残っていないかどうか確かめるのに余念が無かった。

そんな銀次の姿を、物陰から覆面の男たちがじっと見つめていた。

「いかがですかな若、歯ごたえがありそうでございましょう」

「うむ。じいの言うた通り、生意気そうな面構えだな。うむ、相手にとって不足はあるまいぞ」

「されば御用人、誘いをかけまするか？」

「急《せ》くでない半田。川本もまだ、お刀を支度するには及ばぬぞ」

若い二人が先回りしようとするのを、矢野は小声で制した。まとめて斬り尽くすも一興
「仕掛けるのは、あの屋台の者どもが引き上げてからだ。

であろうが、万が一にも取り逃がしては面倒だからの」

「さすがは矢野だな。それでこそ、俺のお目付け役ぞ」

「何の、何の。若のお心がけがよろしければこそ、我らも安堵《あんど》してお供つかまって
おるのです」

あるじに褒められ、矢野は満更でもない様子。

そうこうしている間に、そば屋がいち早く引き上げていく。

「治作さん、お先に」

「ああ、お疲れさん」

振り分け式の屋台を担いで去り行く姿を、治作は笑顔で見送った。

後の世のものと違って、この当時の屋台は車が付いていない。

俗に屋台見世と呼ばれており、立ち退きを命じられれば解体し、荷車に積んで運ぶ
ことができる簡素な造りであるが、組み立てれば小さいながら立派な店となる。一方
のそば屋は移動も容易で、担《にな》い屋台と呼ばれていた。

「あー、疲れたぜぇ」

そば屋を見送り、治作は屋台を畳み始めた。

一手間余計にかかるものの、車にさえ積んでしまえば後は楽だ。速やかに移動できれば、確実に商いの幅は拡がる。もちろん勝手に店を出せば咎《とが》められるが、そこはそれ、親譲りの人脈を活《い》かせば話は付く——。

おかんはそんな発想の下、屋台と荷車を大量に用意して人手も集め、薄利多売の天ぷら屋の元締めを始めたのだ。

早いもので二十年。

狙いは当たり、今や『天ぷら銀』の名前と味は広く知られている。

辻《つじ》斬《ぎ》りの一行にとってはそんな評判など、どうでもいい。

ものぐさと言われていながら実は剣の腕が立つというドラ息子が、あるじにとって斬りでのある相手ならば、それだけで十分だった。

そば屋と治作は何も気付かぬまま、前後して河岸から引き上げた。

いずれも銀次に手間をかけぬよう、火種はきっちり消してある。

分かっていても念のため、確かめるのは欠かせない。

「どれどれ」

銀次が地面にしゃがみ込む。

と、背後から居丈高な声が聞こえてきた。

「立て、素町人」

「何だってんだい藪《やぶ》から棒に。こっちは忙しいんだよ」

「いいから立て。さもなくば痛い目に遭わせるぞ」

「うるせぇなぁ……」

鬱陶《うっとう》しげに返しつつ、銀次は腰を上げた。

見慣れぬ色黒の侍が後ろに立っている。連れの侍と比べると、海の男の如く真っ黒だった。

それはともかく、行動が怪しい。

半田は、銀次ならずとも警戒されて当然だった。

しかし、当の半田は平気の平左。

不審がる銀次を、大きな目でじろりと睨《にら》み付ける。

「何だってんだい、お前さん」

「うぬこそ何だ。なぜ脇差など帯びておる。しかも長物ではないか」

「そんなもん、俺の勝手だろうが」

「左様か。ならば、こちらも勝手に判じさせてもらおうぞ」

重ね重ね、失礼な物言いだった。

「得物を持ち歩いておるのは有事に備えてのこと。左様に見なすが相違ないか？」

「へっ、そう思ってくれて構わねぇよ」

押されることなく、銀次は皮肉に笑って見せる。

「辻斬り野郎がうろちょろしてやがるとなりゃ尚《なお》のこったが、何も今夜に限ったことじゃねぇよ」

「どういうことだ」

「今日びのさむれぇは、どいつもこいつも当てにならねぇからさ」

「無礼者め。どこが当てにならぬと申すのかっ」

「だってそうだろうが。天下のご直参が歌舞音曲にうつつを抜かし、剣術《ヤットウ》の稽古《けいこ》に励んでいれば変わり者呼ばわりされちまうご時世なのだぜ。いざってときにゃ上様をお護《まも》りしなくちゃならねぇお旗本や御家人がその体たらくなんだからよ、俺ら町人がしっかりしなけりゃ話になるめぇ。違うかい」

「ううむ、それは一理あるな」

思わぬ答えを返され、半田はうなずく。

凶行には違いないが、あるじが辻斬りに及んでいるのは、そんな幕臣たちの弱体化に対する、憤りの表れでもあったからだ。

しかし、納得させられるばかりでは襲えない。

「おいっ」

川本が後ろから袖《そで》を引っ張る。

慌てて半田は我に返った。

「な、成る程。おぬしが日頃から長物を帯びておるのは、左様な考えあってのことなのだな」

「だったらどうした」

「有事に戦う覚悟があるならば、斬られる覚悟も無くてはなるまい」

「そりゃ、そのつもりだぜ」

「それを聞いて安堵いたした。心して、我らがあるじの贄《にえ》となるがいい」

「は」

「分からぬか。若に討たれて死ねと申しておるのだ」

「どういうこったい。お前さん方、どうかしてるぜ」

「ほざけ」

川本が告げると同時に、サッと二人は左右に跳ぶ。

後ろから進み出たのは、老齢と思《おぼ》しき侍。

そして後に続くは、提灯で一行の足元を照らす供侍と、まだ二十歳そこそこと見受けられる、侍たちのあるじと思《おぼ》しき若い男だった。

主従揃って覆面で顔を隠しているとは、いかにも怪しい。

（こいつらが辻斬りの一味かい）

口に出す余裕は無かった。

進み出た老齢の侍――矢野が問答無用で抜き打ちを仕掛けてきたからである。

（てめぇ、居合は後《ご》の先《せん》だろうがっ）

後ろに跳んで避けながら、銀次は胸の内で毒づく。

矢野の所業が、剣を学び修めた身にあるまじきものだったからだ。

独立した流派も多い居合だが、銀次が子供の頃から通っていた町道場では奥義と位置付けられており、門人たちの中でも免許皆伝に至った高弟のみが、口伝《くでん》で師から伝授される。

腕こそ立つものの長じてから稽古を休みがちの銀次は目録どまりのため、子細までは与《あずか》り知らぬが、あくまで理不尽に斬りかかられたときのみ用い、それも可能な限り相手を殺さず、出来ることなら刀を抜かせる前に気迫を以《もっ》て制すべしと、道場の講話でいつも耳にしていたものだった。

名も知らぬ相手だったが、目の前の男——矢野は十分腕が立つ。

何も居合など用いずとも、一対一で自分と渡り合えるはずだ。にも拘《かか》わらず、進んで抜き打ちを見舞ってくるとは何事か。

「ふざけやがって」

鞘《さや》ごと抜き上げた鉄刀の鍔で凶刃を受け止めながら、銀次は吠《ほ》える。

対する矢野は、感心した様子でつぶやく。

「下郎、少しは遣えるらしいの」

初太刀を阻《はば》まれていながら、いささかも動じていない。

左右から迫る半田と川本の刃《やいば》を避けるためには、合わせた得物を打っ外《ぱず》すしかないのが分かっていたからである。

それでも、銀次は退こうとはしなかった。

下に引いて鞘を払い、鯉口をくるむようにして左手で握る。

そのまま腰に沿わせて鐺《こじり》を突き出し、川本のみぞおちを打ったためだった。

「むっ」

堪《たま》らずに川本がのけぞった。

「川本っ」

右手から斬りかからんとした半田が、思わずたたらを踏む。

生じた隙を見逃すことなく、銀次は鞘を旋回させる。

「ぐわっ」

後ろ腰に沿って走らせた鐺は、半田の脇腹をしたたかに突いていた。

すべて左手一本で為《な》したのである。

右手で握った鉄刀は、矢野の刃をがっちり止めたまま動かない。

「うぬっ」

さすがの矢野も余裕を失っていた。

覆面の間から覗《のぞ》いた目は血走り、息も乱れつつある。

「加勢いたさぬか、染谷っ」

思わず口を衝《つ》いて出たのも、無理からぬことだろう。

だが、残っていた供侍——染谷は刀を抜こうとはしなかった。

代わりにやったのは、手にした提灯《ちょうちん》を高々と掲げること。

矢野の肩越しに、銀次に対して見せつけたのだ。

「何っ」
銀次は思わず目を見張る。
闇に浮かんだ家紋は、三《み》つ葉葵《ばあおい》。
丸に囲まれてこそいないものの、見紛《みまが》うことなき徳川家の紋所だ。
辻斬《つじぎ》りの一行を率いるあるじは、将軍家に連なる一門の若君だったのだ。
これでは銀次ならずとも、気を呑《の》まれたのは無理もない。
動きが止まった機を逃さず、ぎゃりんと矢野は刀を打っ外す。鞘で叩《たた》き伏せられた
半田と川本も、それぞれ体勢を立て直していた。
しかし、すでに彼らの出る幕はない。
真打の御曹司が抜き身を引っ提げて、前に進み出たからだ。
「退いておれ」
一言告げつつ、切り柄を嵌《は》めた刀身を振りかぶる。
「くっ」
刹那《せつな》、高々と上がる金属音。
鞘で防いでいなければ、銀次は真っ向を断ち割られるところであった。
鉄刀を以てしても、受け止められなかっただろう。

よく鍛えられた刀は巻き藁《わら》や竹はもちろん、釘《くぎ》や弾丸までも両断する。

むろん使い手の力量が伴わなければ曲がってしまうが、一行を率いるあるじの腕は外道ながらも本物だった。

少なくとも斬ることに限っては、銀次の上を行っている。

「くっ」

もはや銀次は絶体絶命。

悔しげに歯噛《はが》みする様を、御曹司は可笑《おか》しげに見返していた。

「ふっ、命乞《いのちご》いでもしたいのか」

「何だと」

「強がるでない。うぬ、泣いておるではないか」

「えっ」

銀次は耳を疑った。

たとえ畳の上で死ねなくても、後悔はしない。

そのぐらいの覚悟は、常々持っているつもりであった。

まして涙を流すなど、赤っ恥もいいところではないか。

武士に非《あら》ざる身であっても、そんな恥ずかしい真似などしたくない。

左様に思い定め、悪党退治をやってきたのだ。

されど、人とは弱いものである。

銀次には、別れたくない者が多すぎた。

おかんに日本橋の本家、美濃屋の叔父《おじ》夫婦、かつて世話になった奉公人たち。

浜町に来て母子二人で暮らすようになってからも幾多の隣人と交流を持ち、長じてからは付き合いも拡がった。

治作に達吉そして万蔵。あれほど鬱陶《うっとう》しかった二人の女、美弥に桃代とも、今となっては離れがたい。

しかし、銀次は己の生き死にを決めるのもままならなかった。

すべては相手の胸先三寸――いや、物打ち三寸で決まること。

名も知らぬ御曹司が手にした、一振りの刀が描く軌跡次第であった。

むろん、同情してもらうことなど期待できない。

「往生せい」

一言告げるや、御曹司は再び刀を頭上に振りかぶる。

動けぬ銀次を、真っ向から斬り下げるつもりなのだ。

「くそっ」

思わず銀次は目を閉じる。
刹那、どっと横から突き飛ばされた。
「な、何奴じゃ」
「何卒《なにとぞ》お見逃し願いまする、若様っ」
声を張り上げたのは万蔵だった。
すんでのところで割って入り、銀次を突き飛ばしざまに土下座したのだ。
「おのれ、無礼なっ」
御曹司が怒りの声を上げる。
しかし、そのまま斬り下げることはできなかった。
キーン
金属音と共に、凶刃は横に逸《そ》れる。
阻んだのは矢野だった。
当てると同時に傾《かし》げた刀身で、重たい一撃を見事に受け流したのである。
その間も、万蔵は平伏したままでいる。
横に転がった銀次の頭を押さえ込み、懸命に土下座し続けていた。
そんな二人をよそに、御曹司は怒り心頭。

「何をいたすか、矢野っ」

「なりませぬぞ、若」

臆《おく》することなく、矢野は言上する。

「こやつは軽輩なれど町方御用に携わりし者……みだりに手討ちにいたさば、町奉行が出張って参るは必定にございまする」

「たわけ、町奉行如きが何ほどのものかっ」

「なりませぬ」

激昂《げっこう》されても、矢野は退こうとはしなかった。

「下手をいたさばご老中を憤らせ、上様より若がお叱りを受けられる羽目となりまするぞ。それでもよろしいのですか」

「むむっ」

御曹司は言葉に詰まった。

ここまで言われては、刀を引かざるを得まい。

体を張った万蔵の行動は、決して無謀なことではなかったのだ。

巻羽織に黄八丈の着流し、そして小銀杏《いちょう》に結った髷《まげ》を見れば誰もが町奉行所勤めの同心、それも十手を預かる定廻《じょうまわり》と一目で分かる。

武士らしからぬ装いをしていながら歴《れっき》とした直参で、捜査に専従するため機動性を重んじた着流し姿が将軍の行列先であろうと罰せられない、御成先御免であることも知らぬ者はいなかった。

木っ端役人と侮って斬り捨てれば町奉行はむろんのこと、その上役に当たる老中の怒りを買って将軍にまで進言され、厳しく理由を問われるのは目に見えている。

ここは刀より威光を振りかざし、口封じをすべきだろう。

怒りが収まらぬあるじに代わり、その役目を果たしたのは矢野だった。

「そのほう、名は何と申す」

「千田万蔵にございまする」

「分かっておろうが口外することは一切、相成らぬぞ」

「もとより承知にございまする、ご用人さま」

「ならば良い」

殊勝に答える万蔵にうなずき返し、矢野は銀次に視線を転じた。

「そのほうも向後は分をわきまえよ。今宵《こよい》は見逃してつかわすが、二度と若にご無礼を働くことは許さぬぞ」

「何だと」

思わず銀次は頭を上げた。

万蔵の腕を振り払い、キッと矢野を睨《にら》み付ける。

「おい。そっちから仕掛けといて、無礼討ちで済ませるつもりかよっ」

「黙り居れ、若造」

有無を言わせず、矢野は続ける。

「これは鞘《さや》の損料じゃ。取っておけ」

懐から紙入れを出し、足元の銀次に放り付けたのは一両小判。

ただで寄越《よこ》したわけではなく、威嚇の言葉を残すのも忘れなかった。

「もしも血迷うた真似をいたさば若に成り代わりて、それがしが成敗いたす。左様に覚えておくがいい」

「てめぇっ」

銀次は吠《ほ》えずにいられなかった。

思わぬ不覚を取り、敵に情けをかけられた悔しさもたしかに大きい。

しかし、何より悔しかったのは万蔵の態度だった。

この一行が悪しき辻斬《つじぎ》りなのは、誰の目にも明らかなはずだ。

にも拘《かか》わらず、万蔵は捕らえるどころか平身低頭。

如何《いか》に将軍家に連なる一門が相手とはいえ、情けないにも程がある。

いっそ銀次を見殺しにしてでも、現場を押さえた上でお縄にしてもらいたかった。

だが、当の万蔵は平伏したまま。

そればかりか矢野が差し出す懐紙の包みを、恭しく両手で受け取っていた。

「そのほうにも寸志をつかわす。さ、遠慮のう納めるがいい」

「ははーっ、謹んで頂戴《ちょうだい》いたしまする」

「それでいいのかい、兄い」

銀次のつぶやきを、風の音が虚《むな》しく掻《か》き消す。

浜町川にさざ波が立っていた。

「風も出て参りました。若、今宵のところは」

「そうだな。風邪など引いてはつまらぬ」

矢野に促され、御曹司は言葉少なに踵《きびす》を返す。

供侍たちも黙って後に従った。

三《み》つ葉葵《ばあおい》の提灯《ちょうちん》を掲げた染谷に続く、半田と川本も無言のまま。

銀次を取るに足らない相手と見なせば、不覚を取った腹立ちも自《おの》ずと治まる。

その証拠に、一人として振り向こうともしなかった。

黙ってうなだれる銀次と万蔵の身に、夜更けの風は一際染みた。

四

それから三日の間、銀次は高熱を出して寝込んだ。

聞けば万蔵もぐったりしてしまって仕事にならず、二人暮らしの老いた母親に看病の手間をかけさせたとのことだった。

理由を知らない周囲の人々は大いに案じ、同時に不審を抱いた。

「こいつぁ鬼の霍乱《かくらん》ってやつだよなぁ。どう思うね、お前さん」

「それはこっちが訊《き》きたいことですよ。付き合いが長いのは治作さんのほうじゃありませんか」

日暮れ前の屋台でぼやく治作の相手をしながら、達吉は溜《た》め息。

天ぷら長屋の管理と店賃《たなちん》の回収をするだけでなく、夜になれば河岸を見廻り、火の始末をしなくてはならなかった。余計な仕事が増えたのはしんどい限りだが、銀次がいない間に手抜かりがあってはなるまい。

「ところで治作さん、何をそわそわしてるんですか」

「決まってんだろ。桃代姐《ねえ》さんが顔を出すって、わざわざ知らせてきたんだぜ」

「そんな、これから大引けまで見世清掻《みせすがき》を弾かなくちゃいけないんでしょ」

「風邪を引いたって嘘ついて、休みをもらったそうだ」

「年季明けに障るじゃありませんか。どうしてまた、そこまでして」

「決まってんだろ。何を措《お》いても銀の字に会いたいからさね。俺に用事があるってぇのも、何か見舞いの算段を付けるためらしいよ」

戸惑う達吉をにやりと見返し、治作は言った。

「吉原の内芸者ってのは実に忙しいものなのだぜ、達吉さん。昼間は三味やら踊りの稽古《けいこ》を休めねぇし、こうして日が暮れたら花魁《おいらん》衆のお出ましに合わせてよ、ずらりと並んでトッテン、チャランってするのが毎度のお約束でな」

「何ですか、その、とってん何とかってのは」

「サックリ言えばお女郎たちが見世を張る……ほら、例の朱塗り格子内に並び終わるまでの景気づけよ。しかも廓《くるわ》の若い衆が下足札を鳴らすのに、きっちり間を合わせてのけるんだから易いことじゃねぇやな。どーれ、ちょいとやってみようか」

と、治作はおもむろに鉢巻きをしていた手ぬぐいを取る。

天ぷらを揚げる手を止めて、始めたのは口三味線。

もとより達吉は聴いたことのない、軽やかな響きであった。

「トッテンシャラン、トッテンシャラン、ツルッテレッテ、チリチッチィ……」

「へぇ。お上手なんですね、治作さん」

「なーに、これでも昔はお大尽と呼ばれたもんさね」

感心しきりの達吉に、治作は満更でもない。

しかし、いつまでも得意がってはいられなかった。

「えっ、誰がお大尽だって。奉公してた料理屋のお得意様に上手《うま》いこと言って、お供させてもらってただけじゃないのさ。人様の懐なんぞ当てにするような料簡《りようけん》だからお払い箱にされちまうんだよ、ひゃっひゃっひゃっ」

「よっ、待ってました」

桃代の登場に湧いたのは、屋台に居合わせた客。

「番頭さんが感心していなさるから黙ってたけど、おっさんの口三味線ってのはどうにも野暮でいけねぇ。姐さぁん、ひとつ口直しに色っぽいのを頼みますぜ」

「勘弁しとくれ。今日のあたしは堅気なんだよ」

天ぷら片手に湧く男たちを流し目で見返し、桃代は微笑む。

「そうは言っても、一節ぐらいはいいかな……」

こう出られてしまっては、治作に立つ瀬は無かった。

「勘弁してくだせぇよ、姐さぁん」

「何をお言いだい。うぶな若いのを相手に、格好付けるほうが罪だろうが」

ばつの悪そうな治作を、ふんと一笑に付す様は勝気そのもの。いつもと違って地味な身なりをしていても、持ち前の威勢の良さは変わらなかった。

「ほんとにあんたは半可通《はんかつう》だねぇ、治作さん。口三味線なんてお前さんにゃ十年早いよ。あれじゃ間が悪くって花魁衆がずっこけちまわぁ。いいかい達吉さん、ほんとはこうやるんだからね。皆の衆もしっかり聴いておくれな……」

にっこりしながら前置きするや、桃代の朱唇《しゅしん》が滑らかに動き出す。

「トッテン、シャラン、トッテン、シャラン、ツル、ツテレッテ、チリチッテリッチ、チリッチリッチ、チリチリ、チチリッチ、チテチリチチ、テレッテ……」

「はぁ」

達吉は思わず溜め息。

居並ぶ屋台の客たちも、一様にうっとりしている。

さすがは本職ならではの出来だったが、感心してばかりはいられない。

「いいんですか、桃代姐さん。ずる休みなんかして」

「構うもんかね。愛《いと》しい銀ちゃんのためだったら一日や二日、年季を延ばすぐらいは何てことはありゃしないさ」

案じる達吉にさらりと返し、先に立って桃代は歩き出す。

「ま、待ってくださいまし」

箔《はく》が落ちてがっくりしている治作をそのままに、達吉は慌てて後を追った。

「銀次さんなら寝込んでます。熱が高くって、まだ起きられそうにありません」

「分かってるさね。そう聞いたから、わざわざ足を運んできたんじゃないか」

「そうは言われても、看病だったらおかみさんが付きっきりでなすってますし」

「大丈夫だよ。あたしともあろう者が、おかんさんの機嫌を損ねるような真似をするわけがないだろ。いずれおっかさんって呼ばせてもらうお人なんだからさぁ」

「はぁ、左様ですか」

相変わらずの、大した意気込みである。

「ところで達吉さん、あの小娘はどうしてる」

「お美弥さまなら、毎日お見舞いを山と届けてくださいますけど」

「ふん、やっぱりかい。だから金持ちってのは鼻持ちならないんだよ」

歩きながら毒づく桃代も、大ぶりの風呂敷《ふろしき》包みを抱えていた。

「あのー姐さん、さっきから気になっていたんですけど。何ですか、それ」

「決まってんだろ、心づくしのお見舞いさね」

「それにしては、なんだか生臭いような」

「あら、臭うのかい」

『天ぷら銀』の戸を開けてもらいながら、桃代はくんくん鼻を鳴らす。

「うーん、血抜きはしてきたはずなんだけど、早いとこさばいてしまおうかねぇ。すまないけど達吉さん、台所に通して頂戴《ちょうだい》な」

「構いませんが、どうなさるんです」

「大したことじゃないよ。この鶏《とり》を、銀ちゃん好みに料理したいのさ。火さえ通せば日持ちもするし、起きたら真っ先に食べてもらおうと思ってねぇ」

浮き浮きとして語りながら、桃代は油紙と二重にしていた包みを拡げる。

言った通り、出てきたのは丸のままの鶏だった。

毛をむしってあるので、尚《なお》のこと生々しい。これでは人気の吉原芸者がむき出しにして、ぶら提げてくるわけにもいかないはずだ。

「お馴《な》染《じ》みさんから絞めたてを一羽分けてもらったんだよ。小娘はどうせ親の金に飽かせて菓子だの何だの用意するこったろうから、こっちは名より実をと思ってね」

「だからって、と、鶏なんて」

「何だい達吉さん、お前さん苦手かい」

「は、はい。食べるのは好きですけど、さばいたことなんて、あ、ありません」

「しっかりしなよ。あんた、天ぷら商いの番頭さんだろう」

震え出す達吉を、桃代は呆《あき》れた顔で見やった。

「お座敷で長崎屋の旦那《だんな》に聞いたんだけど、異国じゃ鶏を丸焼きにしたり、切り身にしたのを炙《あぶ》ったり油で揚げたりするそうだよ。あたしも牛だの豚だのはぞっとしないけどさ、鶏なら天ぷらにしてもイケるんじゃないのかい」

「そ、そんな話なら治作さんにしてくださいよ」

「そう思ったんだけどねぇ、下手くそな口三味線なんぞやりやがるからあたしも腹が立っちまって。すまないけど達吉さん、代わりに手伝っておくれな」

「か、勘弁してくださいまし」

「いいから、いいから。早いとこ表に七輪を出して、天ぷら鍋《なべ》を掛けとくれ。家の中で油を使うのは御法度なんだから」

おびえる達吉に構わず、桃代はてきぱき動き出す。

すべて銀次を想ってのことだが、そんな心尽くしも当人にとっては重荷であった。

失意のどん底に落ちた男には、優しさなど苦痛に感じるばかり。

今の自分では護《まも》り切れないと分かっているだけに、尚のこと辛《つら》いのだ。

幸か不幸か、あれから敵は姿を現さない。

万蔵の捨て身の行動が功を奏し、見逃してもらえたのだろう。

とはいえ、このままでいいはずがあるまい。

銀次は悪党を逃がしたのだ。十件もの辻斬《つじぎ》りを働いた、許せぬ外道を野放しにしてしまっているのだ。速やかに再戦し、決着を付けねばなるまい。

しかし、今の銀次に太刀打ちできる術《すべ》は無い。

居合の名手である矢野と、様《ため》し剣術の手練《てだれ》の若君。

強き悪の主従を如何《いか》にして相手取り、制すればいいのか。

銀次に必要なのは一にも二にも、腕を磨き直す修行であった。

五

翌日の昼前、銀次は久々に道場へ出向くことにした。

朝一番で家を出なかったのは、怠け心があってのこととは違う。

剣術道場の稽古《けいこ》は夜が明ける前後に始まり、おおむね昼まで行われる。とはいえ毎日ぶっ通しで参加するのは至難であるし、武士も町人もまだ隠居をしていなければ勤めを休むわけにいかない。故に各々都合のつく範囲で顔を出し、むろん出入りをする際には定められた作法の通り、師匠と道場に礼を尽くした上で、稽古に勤《いそ》しむのが不文律とされている。

銀次がわざと遅めの時分を選んだのは、懇意の兄弟弟子に合わせてのこと。こたびの事件を解決するために心置きなく手を借りられるのは、その二人を措《お》いて他にはいないと思い定めていた。

「そろそろ行くか……」

野袴《のばかま》の紐《ひも》をきゅっと締め、銀次は縁側から青天の空を見上げる。

病み上がりとは思えぬほど、すっきりした面持ちである。

それもそのはずで、起床してからすでに三刻《とき》（約六時間）は経っていた。

昼前に出かければいいからといって、寝坊を決め込んだりはしていない。

今日は夜が明けきる前に起き出し、まだ暗い庭で鉄刀を千回振った。

数さえ稼げれば構わぬとばかりに、ぶんぶん力任せに振り回したわけではない。

手の内を乱さぬように気を付けて、後ろにした足が存分に伸びているのを一回ごとに確かめながら丹念に振りかぶっては、斬り下ろすことを繰り返したのだ。

この期に及んでもまだ斬らず、鉄刀で叩き伏せることしか考えていなかった。

敵が大名、しかも将軍家に連なる一門の若君だから臆《おく》したわけではない。

たとえ相手が誰であろうと、斬りたくはなかった。

言うまでもなく、命を奪うのは罪深いことである。

許せぬ外道であっても、殺してやりたいとまでは思わない。

されど、放っておくわけにはいかなかった。

これ以上の犠牲を出さぬためには、あの若君に刀を握らせてはなるまい。

殺さぬ代わりに骨を砕き、手の内が利かぬようにさせてやれば十分だ。

そうするためにはまず、矢野を制さなくてはならない。

老いても衰えを知らぬ居合の技を、如何にして防ぎきるか。

この課題を克服せずに、辻斬り退治は為《な》し得まい。

銀次が通い慣れた道場があるのは浜町川沿いの道を北に向かってしばし歩き、角を曲がったところの小さな武家地。牢屋敷《ろうやしき》に程近い、閑静な一画だ。

「おっ、懐かしいなぁ」

入ってきた銀次の姿を目にするなり、その男は白い歯を見せて笑った。

刺子《さしこ》の道着姿は、一見したところ細身である。

だからといってひ弱な印象など皆無で、腕も足も鍛え込まれている。譬《たと》えるならば唐渡りの菩薩《ぼさつ》の立像を彷彿《ほうふつ》させる、しなやかで力強い体付きをしていた。

傍らで素振りをしていた今一人の男も、たくましさでは負けていない。

男ぶりの良さも、甲乙つけがたいものだった。

いずれ劣らず顔の彫りが深く、目鼻立ちは凛々《りり》しい。

それでいて、印象は逆であった。

「ねぇ弘之進《ひろのしん》さん、銀次が稽古に来るようじゃ、明日《あした》は雨かもしれませんぜ」

明るく告げられても、年嵩《としかさ》の男は素振りを止めない。黙ったまま、小さくうなずき返しただけだった。

水瀬《みずせ》弘之進と篠崎次郎《しのざきじろう》は、当年取って三十歳と二十四歳。

同い年で共に入門した次郎と銀次にとって、弘之進は子供の頃から変わらぬ兄貴分だ。代々の浪人ながら武芸だけではなく勉学にも熱心で、この道場の師範代として精勤する一方、直参でなくても受けられる昌平坂《しょうへいざか》学問所の日講《にっこう》通いを欠かさず、微禄《びろく》ながら一応は御家人の次男坊である次郎よりも、よほど熱が入っていた。

そんなひたむきさも、年下の二人にとっては昔から変わらぬ敬意の的。

無口でとっつきにくいようでいながら教え方が丁寧なため、他の門弟たちが寄せる人望も厚かった。故に銀次は朝早くから足を運ぶことを避け、みんなが稽古を終えて帰った後に顔を見せたのである。

見込んだ通り、道場に居るのは弘之進と次郎の二人だけ。今ならば、話も切り出しやすいというものだ。

そんな銀次に、先に水を向けたのは弘之進。

神棚に向かって一礼し、木刀を収めた上での呼びかけだった。

「こたびは何をいたせばよいのだ、銀次」

「やってくださるんですかい、弘之進さん」

「おぬしに頼られるのは、年少の頃より慣れておる。ただし、道に外れたことだけは引き受けかねるぞ」

「もちろんです。順を追ってお話ししますんで、聞いてもらえますかい」

「うむ」

静かにうなずき、弘之進は道場の縁側へと銀次を誘う。

次郎も黙って付いてくる。子供の頃から変わらない、阿吽《あうん》の呼吸であった。

二人は終始、銀次の話に落ち着いて耳を傾けてくれた。

達吉と治作が話半ばで冷や汗まみれになった絶体絶命の窮地、そして万蔵捨て身の命乞《いのちご》いの顚末《てんまつ》にも、眉《まゆ》ひとつ顰《ひそ》めはしない。

口数の少ない弘之進が念を押したのは、ただ一点のみ。

「その矢野と申す用人をおぬしが許せぬと思うたは、あくまで鞘《さや》の内たるべき居合を先手に用いたが故。そうなのだな」

「はい。まず腹に据えかねたのは、そのことでした」

「ならば良い。道場通いが途絶えていても、先生の講話を覚えておったは感心ぞ」

「恐れ入ります」

朴訥《ぼくとつ》ながら誠意を込めた言葉に、銀次は頭を下げずにいられない。

一方、次郎は良くも悪くも率直な男であった。

「なぁ銀次、これは友達だから言わせてもらうことなんだがな」

「前置きはいらないよ。サックリ頼む」

「それじゃ遠慮なしに言うけど、真っ向勝負じゃ勝ち目はあるまい。ああ、こいつぁ腕前の違いだけじゃないぜ。相手は徳川様のご一門、俺にとってはお畏《おそ》れながら主筋に当たるお家柄だ。申し訳ないが、今度ばっかりは助太刀までは出来かねるなぁ」

「最初《はな》っからそこまで頼むつもりなんかありゃしないよ。安心しなって」

「ほんとに稽古の相手をするだけでいいのかい」

「もちろんだよ。弘之進さんとお前に二人がかりで相手してもらえりゃ、俺も心置きなく勝負に臨めるってもんさね」

告げる銀次に気負いはなかった。

二人とも、申し分ない稽古相手だからだ。

免許皆伝の弘之進は居合を心得ており、腕前は折紙付き。

そして次郎は若いながらも腕を見込まれ、旗本や御家人の屋敷へ密《ひそ》かに招かれては罪に及んだ家来の介錯《かいしゃく》を頼まれている。

弘之進を矢野、次郎を若君にそれぞれ見立てれば、対策は十分練れる。

「されば早々に始めよう。篠崎、木太刀を」

「合点」

二人の剣友は速やかに支度を始める。

後は気合いを入れ、力を尽くして取り組むのみであった。

六

かくして銀次が特訓を始めたことなど、矢野には知る由もなかった。

見逃してやったのさえ疾《と》うに忘れてしまい、新たに生じた問題に頭を抱えていた。

長年の守り役にとっても、成長した主君とは扱いづらいものである。

まして、矢野のあるじは出来が悪すぎた。

「いつまで大人しくしておれと申すか、じいっ」

「ご辛抱くださいませ、若」

「その言葉は聞き飽きたぞ、いい加減にせいっ」

いい加減にしてもらいたいのはこっちのほうだ。

若きあるじの我がままは、昨日今日に始まったこととは違う。

それにしても、このところはさすがに手に余る。

町方同心に嗅《か》ぎ付けられたのは危うきこと、しばらく自重いたすが肝要と諫《いさ》めても聞く耳を持とうとせずに、辻斬《つじぎ》り行脚の再開を望んで止まない。

こんなことなら様《ため》し剣術の手ほどきなど、すべきではなかった。

名刀の蒐集《しゅうしゅう》を好む父君の歓心を買い、跡継ぎの候補に加えてもらうためには最良の道と判じて修行させたのが裏目に出て、生き胴——生身の人間相手に試し斬りをせずにはいられなくなってしまったからである。

屋敷内の奉公人を生贄《いけにえ》にすることも、繰り返しすぎれば怪しまれる。女中や若党の親たちも、馬鹿ではないのだ。

下手に訴えられるぐらいなら、いっそ辻斬りをさせたほうがいい。

そんな矢野の考えも、若君の暴走を招いた一因だった。

役目に就かず、何の働きもなく先祖代々の禄《ろく》だけ受け取り、ぶらぶらしながら食いつないでいる貧乏旗本や御家人が、世間知らずの若君の目に無駄飯喰《ぐ》らいとしか映らないのも無理はあるまい。大名屋敷の用人として若い頃から苦労してきた矢野もまた憤りを覚え、ただでさえ危うい若君を助長させたことも事実である。

その結果、少々やりすぎてしまったのだ。

このままでは、いけない。

若い半田と川本も、思うところは矢野と同じであった。銀次に打ち倒され、万蔵に現場を押さえられた結果、すっかり弱気になっていた。

かくなる上は、年嵩《としかさ》の者が男気を見せねばなるまい。

「いかがいたしますか、ご用人」

「このままでは、我らが罪を着せられますぞ」

「分かっておる。いざとなれば儂《わし》がすべての責を負う故、安堵《あんど》せい」

「そんな、ご用人お一人で」

「そ、それではあんまりでございましょう」

「致し方あるまいぞ。若に罪科を背負わせるわけには参らぬからな」

矢野はそう二人に説き聞かせ、落ち着かせるように心がけていた。

口にしたのは、生半可な決意ではない。

どのみち妻に先立たれ、町家に嫁いだ娘とも疎遠になって久しいのだ。

皺腹《しわばら》一つを切って事が済むなら、それでいい。

そんな決意を逆手に取られようとは、当の矢野も気付いていない。


人斬り好きの若君は、守り役の矢野が思うほど愚かではなかった。

傲慢《ごうまん》ではあるものの、潮時というものを心得ていた。

自ら責任を取る気になるのであれば、矢野の教えの甲斐《かい》もあったと言えよう。

しかし若君は、そんな潔さなど毛ほども持ち合わせていなかった。

あるのはただ、己の立場を守りたいという思惑のみ。

そうするためには、何人を犠牲にするのも厭《いと》わない。

なればこそ矢野が動くより先に、自らお膳立《ぜんだ》てをしてのけたのだ。

「お呼びでございまするか、若」

「参ったか、染谷。近う」

「ははっ」

屋敷内の誰もが寝静まった丑三《うしみ》つ時、辻斬り一行から提灯《ちょうちん》持ちの染谷だけを選んで呼び付けたのは、その腹黒さに目を付ければこそ。

「されば若様、御提灯をご用人のお部屋に忍ばせておけばよろしいのですか」

「違う。提灯は半田じゃ。心にもない巧言を弄《ろう》するより他に能無きあやつには、それぐらいしか使い道はあるまいぞ」

「失礼つかまつりました。ご用人にはお刀、川本に予備の切り柄と鍔《つば》でござるな」

「そういうことだ。手抜かりなきよう、事を運べ」

「心得ました」

引き受けた染谷も染谷だが、若君の考えは非道に過ぎた。

忠義の家臣を裏切るにしても、程が有ろうというものだ。

されど、この世は先手必勝。

真の外道であった若君の策が功を奏したのを、銀次たちはまだ知らない。

七

カーン。

「応っ」

「行くぜぇ」

今日も昼下がりの道場に、木刀の打ち合う音が響き渡る。

銀次は弘之進と次郎を同時に相手取り、制する技を磨くのに余念が無い。

日を重ねるごとに暑さも増し、春から初夏に季節が移りつつある中、汗を拭《ぬぐ》わず水も飲まず、ひたすら立ち合いを繰り返していた。

「もう一遍だ、お二人さんっ」

「少しは休息せい、銀次」

「そうだぜ。お前さん足に来てるじゃねぇか」

弘之進に続き、次郎も心配そうに告げずにはいられない。

それでも銀次は休もうとしなかった。

「まだだ、まだやれるぜぇ」

「おいおい、言ってるそばからよろけてるだろうが」

次郎が慌てて駆け寄り、肩を支える。

そこに万蔵が駆け込んできた。

「た、大変だぜ。ぎ、銀公」

「ど、どうしたってんだい。兄い」

息も絶え絶えなのは、共に同じだった。

仰向《あおむ》けに倒れてしまった二人のために、弘之進は井戸端に走る。

汲《く》んできた水を次郎は手際よく、万蔵から順に飲ませてやった。

「なぁ八丁堀の旦那《だんな》、何が大変だってんだい」

「ち、ちょいと起こしてくんねぇか」

次郎の手を借りて座り、万蔵は呼吸を整える。

口にしたのは、思いがけない一言だった。

「例の若君のお屋敷から亡骸《なきがら》が三つ、大目付さまに引き渡されたぜ」

「そいつぁどういうこったい、兄い」

「辻斬りに及んだ咎《とが》で成敗したそうだ。あの矢野って用人と若い供侍どもを、な」

「そんな馬鹿な」

弘之進に支えられながら、銀次は耳を疑った。

若君が罪を認め、自ら腹を切ったというのであれば話も分かる。

ところが家来たちのみを、しかも矢野を主犯に仕立て上げるとはどういうことか。

重ね重ね、解せぬ話だ。

「こいつぁ御屋敷内で、一芝居打ちやがったんじゃないのかい」

次郎ならずとも、こう言いたくなるのは当然だろう。

「そうに違いあるまいぞ」

弘之進がすぐさま首肯したのも、話が出来過ぎていればこそだった。

世間から見れば、すんなり納得が行くことであろう。

若かりし頃に居合の名手と評判を取り、若いあるじの守り役と剣術指南役まで仰せつかった矢野ならば、腕の立つ相手ばかり狙って辻斬《つじぎ》りを働くのも容易《たやす》い。

さすがに誘い出してから斬り捨てるまで一人きりでは難しくても、イキのいい若侍を二人も仲間にしていたのなら、何の問題もなかったはず。

左様に解釈すれば、一件落着だ。

名のある若君の家そのものに傷は付かず、愚かな家来がしでかしたということで心ばかりの償いを犠牲になった人々の遺族にすれば、それ以上の責は問われまい。

収まらぬのは銀次であった。

これでは、何のために奮起したのか分からない。

今となっては、矢野たちのことも哀れに思える。

「こんなもんで済ませちまっていいのかい、兄い」

銀次のうめきに、万蔵は答えない。

しかし、いつまでも黙ったままではいなかった。

「なぁ、銀公」

「何だい、兄い」

「こいつぁ役人として言ってることとは違うって、まずは料簡《りょうけん》してくんな」

そう前置きした上で、万蔵は先を続けた。

「刀を取る身のことをさむれぇってんなら、お畏《おそ》れながらあの若君だって同じだろうぜ。なのに一人だけ手前のしでかしたことから逃れようたぁ、ふざけたことだと思わねーかい」

銀次は黙ってうなずいた。

その顔を見返し、万蔵は告げる。

「野郎に思い知らせてくんねぇか。金輪際、刀なんざ持てなくしてやってよぉ」

たしかに、直参としては言えないことであった。

あの若君は、将軍家に連なる一族の御曹司。

外道であろうと、万蔵にとっては主筋に当たる。

その点は、次郎も同じであった。

ここは冷静に振る舞い、銀次と万蔵を止めるべきだろう。

だが、次郎はそうはしなかった。

それどころか、銀次たちに進んで申し出たのである。

「で、いつ仕掛けるんだい。その馬鹿殿によ」

「次郎、お前」

「そんな外道に、どっちみち御家を継げるはずがあるめぇ。そう考えりゃ、何も畏れ多いことなんかありゃしない。ぶった斬っても構わねぇだろうさ」

「おい、少し落ち着け」

弘之進は独り、終始冷静だった。

とは言うものの、憤りを覚えていなかったわけではない。

その証拠に、こんな問いを三人に投げかけたのだ。

「おぬしたち、刀取る身にとって最も堪《こた》える仕置きは何だと思うか」

真っ先に、勢い込んで答えたのは銀次だった。

「そいつぁもちろん、手首を砕いちまうことだろう」

しかし、弘之進は頭を横に振る。

「いや。それではまだ甘かろうぞ」

「やっぱりバッサリやっちまおうぜ。うん、それがいいや」

「落ち着け篠崎。斬り捨ててしもうては、かえって楽にしてやるばかりぞ」

「だったら、左だけ使えなくしちまうのはどうだい」

そう答えたのは万蔵。

落ち着きを取り戻し、思案を巡らせた上の答えであった。

「お前さん方にゃ釈迦《しゃか》に説法だろうが、左の手は刀を振るうのに肝心要《かなめ》の、軸手《じくて》ってやつだ。斬り付けはもちろん振りかぶるのにも、手だけじゃなくって腕に肩、胴に足のつま先まで、ぜんぶまとめて入り用なんだけどな」

「良き考えだな、千田どの」

弘之進は満足そうにつぶやいた。

しかしまだ、完全に認めたわけではない。

「たしかに千田どのが申されし通り、刀とは左の半身《はんみ》のすべてを順序立て、滑らかにさばくことによってこそ、十全に威力を発揮する。されど、その若君の足腰まで立たなくしてやっては、元も子も有るまい」

「そいつぁ一体、どういうこった。足腰立たなきゃ、刀どころか飯の食い上げだろう」

万蔵が問い返す。

もっともな意見だが、弘之進の答えは明快だった。

「それは貴公が左様な目に遭えばの話であろう。若君は一生涯、捨て扶持であっても何千石と徳川様より頂戴《ちょうだい》できる身の上なのだぞ」

「あぁ」

「当初は堪えるだろうが、ひとたび割り切れば楽な生き方やもしれぬ。何しろ上げ膳《ぜん》据え膳は当たり前の、元をただせば乳母日傘《おんば》育ちなのだから、な」

「けっ、恵まれてる奴ぁどこまでもお気楽ってことかい」

「そこまで言ってはいかん。徳川様そのものは、貴公の主筋に違いあるまいぞ」

「ああ、すまねぇ」

万蔵は気まずそうに首をすくめる。

一方の銀次と次郎は、黙ったままうなずき合う。

かくして出した答えは正解だった。

「これでいいんだろう、弘之進さん」

「その通りだ。よく気付いたな、おぬしたち」

弘之進は、若い二人をじっと見返す。

「若君が一軍の将たる器の持ち主ならば、そのような目に遭わされようとも立ち直ることは容易いはず。されど自ら斬るのを好む愚か者なら、到底耐えられぬだろう」

「まったくだな。思い余って、手前で腹を切るかもしれないよ」

そうつぶやいたのは次郎。

今や微塵《みじん》も、相手を主筋と思っていない様子である。

その点は万蔵、そして銀次も同じであった。

もとより自分は武士には非《あら》ざる身。

まして徳川将軍家とは、縁もゆかりも有りはしない。

ただの外道とひとたび見なせば、何ら畏れるに値しなかった。

「さーて、どうやって仕掛けようかね」

仲間たちと車座になり、嬉々《きき》として提案する顔にも自信が戻っていた。

八

かくして動き出した銀次たちのことなど、愚かな若君は気にも懸けていない。

辻斬《つじぎ》りへの興味さえ、もはや失《う》せつつある。

図らずも訪れた出世の機会をモノにすることに、熱を上げるばかりであった。

「はははは、まさか本多の家から見合い話が来るとはな」

「よろしゅうございましたなぁ、若さま」

矢野に代わって用人となった染谷も、すっかり同調している。

まさか仕掛けられた罠《わな》であるとは、共に疑ってもいなかった。


その頃、銀次は芝の愛宕山に居た。

「あー、いい心持ちだぜぇ」

一気に石段を駆け昇り、眺望に目を細める様はすがすがしい。

ひっそりと待っていたのはあの旗本くずれの高利貸し、本多五郎兵衛。

深編笠《あみがさ》で顔を隠し、身なりも地味に装っている。

鐺の本多と名を轟《とどろ》かせた暴れん坊であるとは、誰も思っていなかった。

五郎兵衛は肩を並べ、声を潜めて銀次に告げる。

「手筈《てはず》は万端整うた。いつでも屋敷に寄越《よこ》すがいい」

「かっちけねぇ。恩に着るぜ、五郎兵衛さん」

「心得違いをいたすなよ、うぬ」

と、五郎兵衛は鋭い視線を向けてくる。

一度は銀次に敗れたものの、押しの強さはまだまだ健在。

「儂《わし》は当家を騙《かた》るのを黙許したにすぎぬ。本多の五郎兵衛は俺の味方だなどと、ゆめゆめ軽々しゅう吹聴《ふぃちょう》いたすでないぞ。下手をいたさば、ただでは済まさぬ」

「そんなこたぁ分かってるさね。御家の体面は決して傷付けやしないから、安心して任せておくれよ」

「ならば良い」

五郎兵衛は重々しくうなずいた。

「儂がうぬに手を貸すは助勢に非ず、徳川家の御為じゃ。若君のご乱行がこのまま続けば、いずれ上様にまで累が及びかねぬからの。いずれ手を打たねばなるまいと案じておった矢先に、うぬから話をもちかけられたは幸いであった。そのことだけは礼を申すぞ」

「ありがとうよ、五郎兵衛さん。ほんとに助かったぜ」

礼を返す銀次に気負いはない。

五郎兵衛に事の次第を打ち明けたのは、敵の素性を踏まえてのこと。

若君の所業は将軍家の名誉を汚している。早く手を打たねば、取り返しが付かなくなるのではないか。

そのように訴えかければ、進んで手を貸してくれるに違いない。

銀次の思惑通り、五郎兵衛は早々に段取りを付けてくれた。

後は悪党どもを誘い出し、存分に懲らしめるだけである。

「無茶をいたすでないぞ、銀次」

去ろうとしたところに、五郎兵衛がまた重々しく告げてきた。

「うぬは必ず儂が倒す。愚か者の若君如きにやられるでないぞ」

「分かってらぁな。あんな野郎に負けやしないさ」

笑って手を振り、銀次は軽やかに歩き出す。

石段を駆け下りていく背中を、五郎兵衛は無言で見送る。

この男が余人に手を貸すなど、滅多に無い。

ましてや自ら足を運ぼうとは、考えもしないはず。

よほど相手を見込んでいなければ、有り得ぬことだった。

「まこと面白い男だ。乱世ならば身分の違いになど捉《とら》われず、友の契りを結び得たであろうに」

ぼそりとつぶやき、踵《きびす》を返す五郎兵衛だった。


そんな密約が交わされたことなど、愚かな若君は知りもしない。

五郎兵衛の妹が相手ならば申し分あるまいと見なし、大いに乗り気になっている。

それでも一応は、下調べをさせることを忘れなかった。

「どうであったか、染谷」

「まことに美形でございました。お屋敷の女中に金子を摑《つか》ませて手引きさせ、お部屋を覗《のぞ》き見たところ、驚いたことに桃代と瓜二《うりふた》つでございましたぞ」

「桃代と申さば、あの吉原芸者か？」

「はい。若がお座敷に呼んで肘鉄《ひじてつ》を喰《く》わされた、キツいおなごにございます」

「そのことならば二度と申すな。刃傷沙汰《にんじょうざた》が御法度の廓《くるわ》内でなくば、あの場で手討ちにしてやったものを。ああ、思い出しただけで腹立たしいわ」

「まぁまぁ、そう仰せになられずに。まことに美形にございますれば」

「ううむ、そこまで美しいおなごならば会《お》うてみるか」

「ぜひそうなされませ」

こたびの縁談は、染谷にとっても出世につながる。

将軍家に連なる一門とはいえ、いつまでも部屋住みの若君に仕えていては、用人のままで終わってしまう。

しかも辻斬りのお供などさせられていては、安心できない。

名のある家から嫁を貰《もら》えば、若君も少しは落ち着くはずだ。

それに本多家が後ろ盾になってくれれば、あらゆる面で援助が期待できる。

五郎兵衛も大事な妹のためならば支援を惜しまぬだろうし、給金も、きっと上がるに違いない。

いつまでも独り身では居られぬし、こっちもそろそろ嫁が欲しい。

こたびの話に乗じて、自分も縁談を探すとしようか。

そんな期待を膨らませつつ、若君の気分を盛り上げるのに余念がなかった。

九

見合いの当日は、雲ひとつない快晴だった。

「うむ、わが心も隅々まで晴れ渡っておるぞ」

屋敷の縁側から空を見上げ、若君は気持ちよさそうに伸びをする。

「若、お支度はよろしいですか」

染谷が部屋に入ってきた。

「任せておけ。準備万端、整うたぞ」

「お伝えしました通り、先様は俳諧《はいかい》がご趣味であらせられまする。それがしがご用意せし句はお手許《てもと》にございまするか」

「案じるには及ばぬ。いちいち書き留めずとも、しかと頭に入っておる」

「春の川　流れて届け　わが想い。ゆめゆめお間違えなきように」

「ははは、分かっておるわ」

明るく笑って、若君は部屋を後にする。

帯びているのは辻斬り用の剛剣ではなく、拵《こしら》えも華奢《きゃしゃ》な大小。

まさか衆目の前で戦う羽目になるとは、思ってもいなかった。

先方の提案により、見合いは大川を下る屋根船にて行われた。

染谷が用意した句は、そんな趣向に合わせたもの。見合い相手に化けた桃代にしてみれば、お笑い種《ぐさ》の一句であった。

(ぷーっ、何が流れて届けだ。てめぇが川流れになりやがれってんだい)

もっともらしく披露するのを聞きながら、吹き出しそうになっている。

(あー苦しい、思いっきり笑い飛ばしてやりたいよ)

そんなことを考えながら、懸命にこらえている。

屋根船はゆるゆると大川を下っていく。

二人がかりで櫓《ろ》を握るは、船頭姿の銀次と弘之進。

達吉はお付きの侍を装い、桃代の側に神妙に付き添っていた。

仕掛けたのは新大橋の下を抜け、そろそろ永代橋に差しかかろうかという頃。

口火を切ったのは桃代だった。

「若さまはお刀がご趣味とうかごうておりますが、まことですか」

「何じゃおぬし、おなごの身で興味があるのか」

「はい、これでも本多の娘にございますので」

「それは喜ばしいことだ。拙宅には名刀など、幾らでもあるぞ」

「まぁ、まことですか」

「もっとも父上のものだがな、勝手にしばしば持ち出しておる」

「そんなことをして、どうなさるのですか」

「決まっておろう、試し斬りをいたすのよ」

「ああ。あの納豆みたいなのを斬ったりする、あれですね」

「これこれ、巻き藁《わら》と納豆の藁苞《わらづと》を一緒にいたすでないわ。ふふふっ、可愛いから許してつかわすが、のう」

「これは失礼を申しました」

桃代は口元を袖で覆い、恥ずかしげに頬を染める。

「まことに可憐《かれん》だのう。とても行き遅れとは思えぬぞ」

「まぁ、意地悪な若さまですこと」

「意地悪で申しておるのではない。おぬしほどの佳人が何故にまた、その歳まで嫁に行けずにおったのかが解せぬのだ」

「それは……心に決めたお人が居るからですよ」

桃代はにやりと笑みを浮かべる。障子張りの窓の隙間から視線を向けて、新大橋を通過したと知った上での行動だった。

案の定、若君は怪訝《けげん》な顔をする。

「心に決めた者が居る、だと？」

「ああ、そうさ」

すかさず桃代は啖呵《たんか》を切った。

「だから野暮な男どもなんか寄せ付けないって、いつも言っているんだい。あんときお前さんにも、お座敷で思いっきり肘鉄をお見舞いしてやったじゃないか」

「おのれ、訳の分からぬことを申すでないわ」

「あんな恥を掻《か》かされたくせに忘れちまったのかい。あたしゃ桃代だよ」

「何っ」

若君の顔が真っ青になる。

たちまち赤くなったのは、激しい怒りを覚えてのこと。

「うぬっ、よくも謀りおって」

「当たり前だろ。お前なんかに、本多の姫さまはもったいないさね」

怒り狂う若君を、桃代はぴしゃりと一喝する。

「あたしゃお屋敷でご挨拶《あいさつ》をさせてもらったんだ。お気の毒にガマガエルみたいなお顔をしていなさるけどさ、心はとっても綺麗《きれい》なお人だよ。お前みたいなうじ虫野郎は本物のガマガエルでも連れてきて、脂が出るまでお見合いしやがれってんだ」

「おのれ、そこに直れいっ」

若君はサッと刀に手を伸ばす。

船尾で控えていた染谷も、怒りの形相で刀の鞘《さや》を払おうとする。

刹那《せつな》、背後の障子がばりんと破れる。

飛び込んできたのは大きな手。

染谷は後ろから鐺《こじり》を摑《つか》まれ、たちまち鞘が引けなくなった。

「な、何をするかっ」

「慌てるでない。おぬしの相手は、こちらでいたす」

淡々と告げながら障子を開け、弘之進は中に入ってくる。

鐺から手を離しざま、染谷を思い切り突き飛ばした上でのことだった。

「どうぞ」

「うむ。かたじけない」

すかさず駆け寄った達吉から刀を受け取り、弘之進は鞘を払う。

「安堵《あんど》せい。これは刃引きだ」

「刃引き、だと」

「左様。町方御用で曲者《くせもの》を打ち据える捕具《とりぐ》をな、一振り拝借して参った」

「うぬっ、私を罪人扱いする所存かっ」

「所存も何も、おぬしは罪びとのはずだが」

静かに告げつつ、弘之進は刃引きを下段に構える。屋根船の低い天井に引っかけぬように切っ先を低く取りながら、いつでも撥《は》ね上げて打ち込める体勢を取っていた。

「おのれ」

染谷は抜刀したものの、斬りかかる隙を見出《みいだ》せずにいる。

桃代に襲いかかろうとしていた若君も、手強《てごわ》いと見て緊張を隠せない。

と、そこに銀次の呼びかける声。

「待たせたなぁ若様、こっちも支度が整ったぜ」

「何っ」

サッと桃代が障子を開けた。

行く手に永代橋が近づいてきた。

若君の血走った目に映じたのは、いつの間にか屋根船と並んでいた奇妙な一艘《そう》。

荷船の上に板を敷き詰め、広い甲板の如く仕立ててある。

その甲板に、銀次は鉄刀を引っ提げて立っていた。

「そっちは本身で構わんぜ。さ、早いとこかかってきなよ」

「うぬっ、懲りずに挑んで参る気か」

「腕利きの年寄りはもういないんだろ。今度は独りでやってみな」

「言うに及ばずっ。こたびは容赦いたさぬぞ」

若君は船縁《ふなべり》を蹴《け》って跳ぶ。

怒りを募らせた余り、まったく周りが見えていなかった。

「ありゃ何だい、稀有《けぶ》（奇妙）な船だなぁ」

「あれは天ぷら銀の若大将だぜ。こいつぁどういう趣向だい」

「あのきんきらきんのお武家とやり合おうってんじゃないのか」

「へぇ、こいつぁ面白えや」

「おーいみんな。銀さんとおさむれぇの果たし合いだぜーっ」

煽《あお》り役を買って出たのは、治作と天ぷら長屋の面々だった。

永代橋はたちまち黒山の人だかり。

きしむのを気にしながらも、みんな身を乗り出さずにはいられない。

「へっ」

山と集まった見物人を見上げて、銀次は不敵に微笑む。

すべて思惑通りだった。

これほどの野次馬の前で打ち倒せば、噂は即座に江戸じゅうに広まるだろう。遠縁とはいえ将軍家に連なる一門の御曹司にとっては、取り返しのつかない赤っ恥となるはずだ。

今後、本物の縁談が持ち上がったとしても、町人に挑んで打ちのめされた若君など誰も相手にしないだろう。

自慢の腕も大したことがないと見なされ、当人が望むと望むまいとに拘《かか》わらず人前で披露する機は失われる。

武士は刀取る身という気取りがある身にとって、これほどの恥辱はあるまい。

銀次は左様に考え、こんなお仕置きを思いついたのだ。

まんまと乗せられた若君は、とんだ愚か者である。

振るう技も、今日は精彩を欠いていた。

「うぬっ」

キーン

勢い込んで斬りかかるのを、銀次は楽々と受け止める。

「どうしたどうした、年季の入ったお守り役がいねぇと、このザマなのかい」

「い、言うなっ」

若君は合わせた刀を打っ外す。

先夜の剛剣ならば刃《やいば》を合わせたまま圧《へ》し斬りにして、鉄刀ごと銀次を両断することもできただろう。

それも矢野さえ付いていれば、容易《たやす》く為《な》し得たはずだ。

しかし、若君は愚かであった。己の罪を悔いるどころか隠そうとして、忠義一徹の老臣を犠牲にしてしまったのだ。

こんな奴に葵《あおい》の紋はもったいない。

「おらっ」

斬ってくるのを弾《はじ》き返し、銀次は下段に蹴りを見舞う。

「わわっ」

よろめくところに間合いを詰め、思い切り鉄刀を振り下ろす。

ギーン
若君の刀が砕け散った。

「馬鹿な」

「情けねぇなぁ。そんな華奢《きゃしゃ》なの帯びてて、何が刀取る身だい」

啞然《あぜん》とする若君に、ずいと銀次が詰め寄った。

「これで終《しま》いだ。往生しな」

「た、助けてくれ」

もはや若君は戦意喪失。

しかし、銀次は許さない。

ぶるぶる震える様を目の当たりにしても、怒りは収まらなかった。

「助けてくれだと。ふざけるんじゃねーよ、この野郎」

「ご、後生だ」

「てめぇに一体何人が、同じことを言ったんでぇっ」

「か、勘弁してくれっ」

「やかましいっ」

「うわ――――――っ」

怒りの蹴撃《しゅうげき》をぶち込まれ、若君は吹っ飛ぶ。

すでに染谷は弘之進に敗れて組み伏せられ、縛り上げられるところであった。

意を決した万蔵が、猪牙《ちょき》で漕《こ》ぎ寄せてきたのである。

こちらの櫓《ろ》を握っていたのは次郎。

外道とはいえ将軍家ゆかりの相手に手を下すことは思いとどまったものの、やはり一役買わずにはいられなかったのだ。

次郎、そして弘之進と達吉の見守る中、万蔵は束ねて持っていた捕縄を解く。

「おのれ。町方の分際でよくも我らを」

「うるせぇ。提灯《ちょうちん》持ちがでかい口を叩《たた》くんじゃねーよ」

「うぬっ」

「往生しやがれ、この野郎」

ドスを利かせて告げながら、万蔵は染谷に縄を打つ。

一方の若君は声も無い。

蹴りを喰《く》らって気を失い、ぷかりと川面に浮かんでいた。

「あれじゃ三途《さんず》の川流れだな。とんだきんきらきんの錦鯉がいたもんだ」

「へっ、あれじゃ犬も食わないだろうぜ。情けねぇなぁ」

野次馬たちが口々にはやし立てる。

麗らかな日射しの下、若君はぷかぷか漂い流れる。

葵の御紋の威光はどこへやら、すっかり形無しであった。

十

それから十日が過ぎた。

いよいよ緑も色濃くなり、昼下がりの江戸は初夏の陽気。

吹く風もさわやかな季節を迎え、屋台の天ぷらもネタが変わった。

「きすに車えび、あおりいか……あれ、この魚は何ですか、治作さん」

「ぎんぽってんだよ。お前さん、知らねぇのかい」

「すみません、ここに来るまで食わず嫌いだったもので」

「ははは、先の楽しみがいろいろあっていいじゃねぇか。こっちが済んだらちょいと揚げてやっから、味見してみな」

「はいっ」

明るく言葉を交わしながらも、治作と達吉はどこか落ち着かない。

あれから若君は謹慎を命じられ、自ら望んで腹を切った。

用人の染谷も葵の紋の提灯を軽々しく屋敷から持ち出し、若いあるじの乱行に手を貸していた責を問われて、家中で処罰されていた。

「介錯《かいしゃく》にゃ次郎さんが呼ばれたそうだよ」

「ほんとですか？」

「本多の殿さんがすいきょ……お偉いさんに勧めてくれたらしいぜ。なまじ御様御用《おためし》の山田さまに頼んじまったら恥の上塗りだから、無名でも腕の立つもんに任せたほうがいいって言ってくれなすったそうだ」

山田とは将軍家の所有する刀剣の試し斬りを役目とし、死刑の執行役も務めた山田浅右衛門のことだ。次郎は我流ながら、かの山田一門に引けを取らないと評判の腕利きだった。

「そうだったんですか。篠崎さまも、少しは溜飲《りゅういん》が下がったでしょうねぇ」

治作の地獄耳に感心しつつ、達吉は熱々の天ぷらを頬張る。

許せぬ外道どもの末路と思えば、不謹慎とは思わない。

しかし、銀次にまで罪が及んでは困ってしまう。

万蔵が上役の与力まで巻き込んで、町奉行を懸命に取り成してくれているとのことだったが、処分がどうなるのかはまだ分からない。

今度ばかりは、やったことが大きすぎる。

五郎兵衛もいつもの口ぶりとは裏腹に銀次を庇《かば》い、すべては徳川家の御為に若君のご乱行を止めたい一念で為《な》したこと、武士に劣らぬ忠義者なれば大目に見てほしいと老中に進言してくれたらしいが、幕府にも面子《メンツ》というものがある。

たとえ正義がこちらにあっても、分を越えた振る舞いは罪と見なされてしまうのが世の常だ。

まして、銀次は町家の倅《せがれ》。

母親が日本橋の大店《おおだな》の娘であろうと、そんなことは関わりない。

いつ呼び出されるのか、定かでないのだ。

落ち着かぬ周囲の人々をよそに銀次は相変わらず、毎日のほほんとしている。

今日も縁側であぐらを掻《か》き、鼻をほじりながら独り将棋を指していた。

「こんなとこで遊んでていいの、銀さま。いっそのこと、あたしと江戸から逃げてしまいましょうよ」

「止めとけ止めとけ。乳母日傘《おんば》育ちのお前さんに、そんな暮らしができるわけがねぇだろうが」

気を揉《も》んで押しかけた美弥がそんな話を持ちかけても取り合うことなく、陽だまりの中でのんびりしているばかり。

と、裏口の戸がおもむろに開いた。

入ってきたのは万蔵。

縁側の二人に向かって、黙々と歩み寄ってくる。

「な、何よ」

「お嬢さんは引っ込んでてくんな。余計なことを言ったりすると、お前さんまで罪に問わなくちゃならねぇんでな」

「そ、そんな脅し、怖くないよっ」

「いいから退《ど》いてな」

有無を言わせず美弥を下がらせ、万蔵は銀次の前に立つ。

溜《た》め息をひとつ吐き、ぱちりと銀次は駒を打った。

「行こうか、兄い」

ずいと立ち上がり、あらかじめ沓脱《くつぬ》ぎに置いてあった雪駄《せった》を突っかける。

傍らに横たえていた鉄刀には、触れようともしなかった。

それでいて、手入れは十分に行き届いている。

部屋の中も同様である。

いつも面倒くさがって埃《ほこり》も碌《ろく》に払わず、達吉が来てからは任せきりにしていたのに畳の目の中まで掃き清め、隅々まで雑巾《ぞうきん》がけがされていた。

今日は朝から、何か予感が働いたらしい。

美弥が押しかけたのも、いつになく胸騒ぎを覚えたからだ。

しかし、いざとなっても何も出来はしなかった。

「銀さま、どこなのっ」

「もう行っちゃった」

「えっ、どういうことさ、ねぇ」

「うぇーん」

遅れて現れた桃代に嫌味も言えず、子供のように泣きじゃくるばかり。

「ちょいとちょいと、しっかりしなよう」

いつもの剣幕はどこへやら、さすがの桃代も慰めずにいられない。

異変を察して駆け付けた治作と達吉も、どうすることもできずにいる。

美弥が泣いているのを聞き付けて、縁側にはおかんまで姿を見せていた。

「八丁堀め、よくも出し抜きやがったな」

「どうしましょう、おかみさん」

「しっかりおし、お前たちは男だろうが」